BLADE & BASTARD

—鋼骨試煉場，死亡之紅龍—

2

蝸牛くも Kumo Kagyu

Illustration so-bin

BLADE & BASTARD
—鋼骨試煉場 死亡之紅龍—
2
蝸牛くも Kumo Kagyu
插畫／so-bin

CONTENTS

BLADE & BASTARD –Wireframe Dungeon & Dragon with Red Dead–

目錄

他聽見伊亞瑪斯的嘟囔聲。
他的手放在腰間的黑杖——那把纖細的騎兵刀（Sabel）的刀柄上。
可見情況有多麼危急。
原來如此，火龍（Fire Dragon）嗎……
woof……!!
賈貝吉重新握緊大劍，
露出利牙，宛如一隻野狗。
鬥志旺盛。士氣沒有絲毫受挫。
——這傢伙眞厲害。

貝卡南
來自東方的新手魔法師。身材異常高大的少女。
哇啊啊啊啊
啊啊啊啊……!?
growl……
howl……!!

第一章
貝卡南

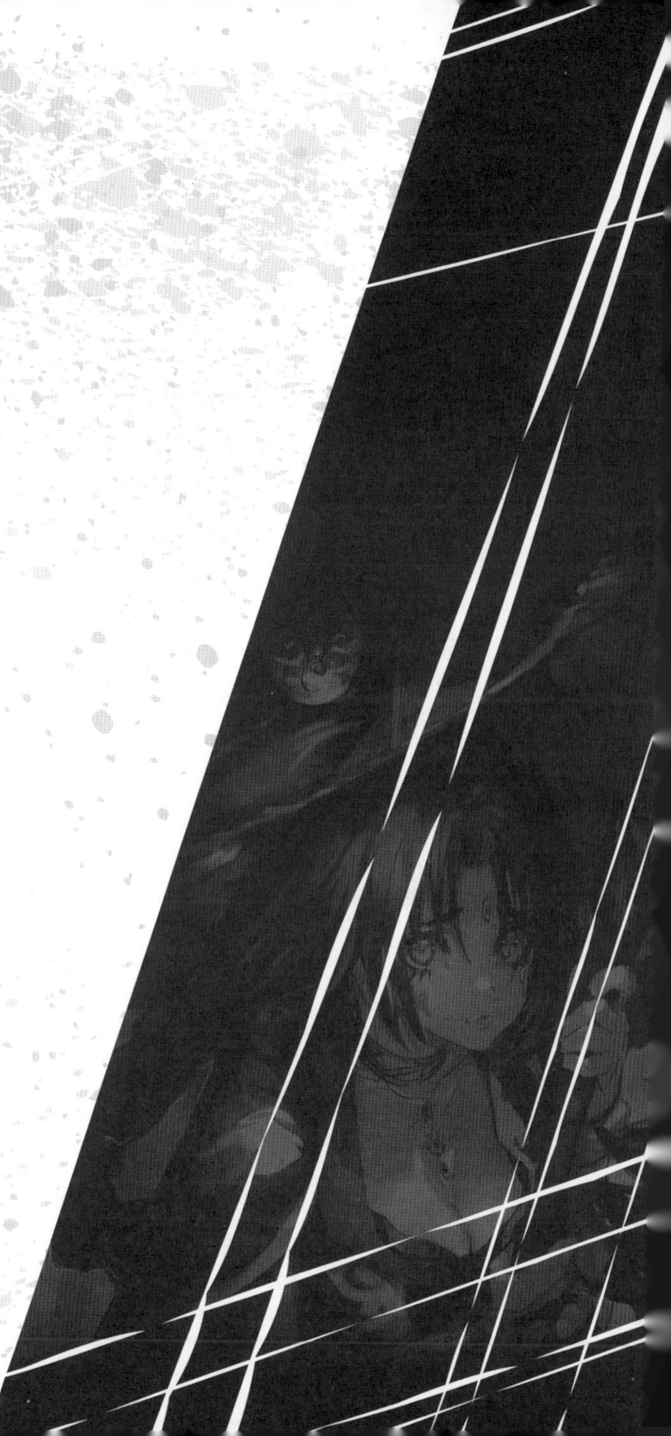

少女很大。

體型大，眼睛大。豐滿身軀的乳房和臀部也很大。

不過，最引人注目的是她本身的體積。

身高六呎半（約兩公尺）。是個異常高大的少女。

黑色的頭髮左搖右擺，如同小動物的尾巴，帶著恐懼情緒的眼睛卻是燦爛的金色。

她像個幽靈般慢步前行，有點駝背，大概是想盡量把巨大的身軀縮得小一點。

這個動作讓雄偉的雙峰自然而然往前方集中，而她似乎沒有發現。

訓練場登記處人潮洶湧，少女的存在感卻並未受到影響。

「把名字寫在上頭。」

「好、好的……！」

哨兵抬頭仰望這名少女委屈地縮著身體，於名冊上寫下名字的模樣。

——是阿馬爾嗎？

他的視線隨著緩緩寫下文字的筆尖移動，心不在焉地想著。

每天都會聽見異國的名字，他早就聽膩了。連哪個國家位於何處都無法分辨。

但他記得東方有個沙漠綿延不絕的國家，就是叫阿馬爾。

哨兵之所以想得起來這個名字，要多虧少女穿的煽情服裝。

他在酒館聽說過，阿馬爾的少女會穿著這種露出肌膚的衣服跳舞。

——還是叫西連啊？

算了，不重要。

從身上的衣服來看，少女似乎是異國的魔法師。

她拿著大小與體型相符——也就是對常人來說粗如棍棒的法杖。

然而，吸引他人注意力的並不只是她的體型及服裝——美麗的相貌也占了一部分原因。

位於東方沙漠另一端的異邦人特有的標致五官，散發出一種豔麗的氣質。

——如果她能抬頭挺胸，應該會稍微好看點……

少女卻提心吊膽，戰戰兢兢地左顧右盼。

綁在腦後的三股辮晃來晃去，豐滿的胸部也跟著搖晃。

想必是因為體型如此龐大的人，連膽怯地東張西望的動作都會遭到放大。

「可以進去了。」

「謝、謝謝……」

「唔喔……！」

哨兵急忙閃過朝自己揮來的棍棒——更正，手杖。

冒險者訓練場。

人類發現「迷宮」，聚集而來的人愈來愈多時設置的訓練場，已經逐漸喪失原本的功能。
沒人有辦法管理冒險者。
進過「迷宮」的人和除此之外的人之間，存在決定性的差距。
就算有人求我，我也不想踏進「迷宮」。哨兵如此心想。
如果只是要謀生，站在這邊就賺得到足夠的日薪。
接待不曉得來自何方的勇者或英雄的後代，遠比面對「迷宮」的怪物來得好。
可是，為何要設置訓練場？
哨兵認為，肯定是為了冒險者。
一無所知的新人會像這樣前來登記。
想找新肉盾的冒險者則會來這邊抓新人。
就這麼簡單。
「……好，我也要……加油！」
少女鼓起勇氣，邁向前方。
名冊上寫著貝卡南這個名字。
哨兵卻沒打算記住。
因為，他八成不會再見到她。

離開「斯凱魯」的冒險者屈指可數。

死人自不用說——活人亦然。

＊

「唔喔哇……!?」

「arf!!」

拉拉伽一副快沒命的樣子，賈貝吉卻精力十足。

尖銳的吼叫聲響徹迷宮，她的**大劍**隨著呼嘯而過的風聲，散布死亡。

質量、重量、速度兼具的一擊，用不著砍斷頭部也足以致命(Critical)。

不過，再熟練的戰士也無法一劍清掉一群敵人。

拉拉伽迅速舉起短刀，擋掉(Parry)撲向自己的敵人。

「BUZZZZZZZZ……!!」

「這、這蟲子是什麼鬼……!?」

甲蟲的嘴巴咬得刀刃吱嘎作響，拉拉伽臉頰抽搐。

連在強盜貓商店購入的武器，都快被這隻甲蟲咬碎。

自己以前用的那把破刀，想必連近距離注視牠的機會都不會有。

穿孔甲蟲(Boring Beetle)。

第一次聽見這名字的時候，那好笑的怪名害他忍不住笑出來。

用圓形身體在地面滾動、彈跳。出沒於迷宮淺層的巨大蟲子。

他想到球(Ball)和滾球遊戲(Bowling)，本以為不會難纏到哪去——

「是穿孔(Boring)。」

「去你的(Woodhead Sucks)……!!」（註1）

他對抱著胳膊站在後方的黑衣魔法師(伊亞瑪斯)，大罵已經忘記由來的髒話。

會唾罵，但不會抱怨。他很清楚自己有多幸運。

拉拉伽揮下短刀，火花於昏暗的墓室內炸開，殘光烙印在黑暗上。

敵方的防禦力很高（伊亞瑪斯低聲說道。拉拉伽不明白這句話的意思），不過，還是有應對方式。

拉拉伽直線衝上前，用短刀刺了甲蟲三次。其中一次刺進了硬殼的縫隙間。

「BUUZZZZZZZZ!?」

「去死……!」

他用長靴踢飛不停甩動蟲腳、將骯髒的體液噴得到處都是的蟲子，拔出短刀。

拭去黏液後，銀白色的刀刃依然明亮，半點缺口都沒有，拉拉伽下意識鬆了口

註1　Robert Woodhead是巫術的製作人之一。

氣。

然而，他馬上板起臉。伊亞瑪斯在看。儘管他什麼都沒說。

——其他的呢……!?

「ｗｏｏｆ！」

轉頭一看，瘦弱的紅髮少女正在揮舞大劍，神采奕奕。

賈貝吉的對手，簡單地說就是大蜘蛛（Huge Spider）。

全身長滿細毛，八顆眼珠子空洞無神。牙齒滴著黏液，看似隨時會跳到空中撲過來。

通通是令拉拉伽嚇得發抖的要素，賈貝吉卻並非如此。

「ｙａｐ！——ｙａｐ!!」

她有如拿著木棒破壞西瓜田的頑童，用大劍在蜘蛛身上猛敲。

蜘蛛沒有硬殼，防禦力應該比穿孔甲蟲來得低，每下都敲得體液四濺。

「小心，牠們數量多。」

「ａｒｆ！」

伊亞瑪斯語氣悠哉，賈貝吉叫了聲回應，不知道她究竟聽不聽得懂。

就算賈貝吉聽不懂，拉拉伽也聽得懂。不由得聽懂了。

「……！」

他死命追上不斷向前衝的少女。

趕走如伊亞瑪斯所說，數量多得驚人的蜘蛛，以及飛過來的甲蟲。

——這些傢伙怎麼會湊在一起？

蜘蛛會以甲蟲為食。這種甲蟲也有能力以蜘蛛為食。

拉拉伽一瞬間將這矛盾的關係和他們三人聯想在一起，在這時跟藍眸四目相交。

「arf。」

賈貝吉回頭瞄向跳過蜘蛛屍體，賣力奔跑的拉拉伽，哼了聲，彷彿在嫌他速度慢。

——這傢伙……！

他的心裡燃起怒火，可是此時此刻，負責開路的人確實是她。

沒錯——他很幸運。

在旅館過夜，整頓裝備，潛入迷宮，與怪物交戰，獲得財寶，平安歸來。

總有一天要往下一層邁進。為此必須先鍛鍊自我。提升力量（Level）。

在這個地方被廚餘拖著跟蟲互毆，就是為了達成目標而踏出的一步。

意即。

他正在冒險。

＊

「ａｒｆ。」

「不要動不動就踢寶箱……很危險耶!?」

賈貝吉一腳踹飛寶箱，如同清澈湖面的藍眼俯視著拉拉伽，要他快一點。

被那雙眼睛看得心神不寧的拉拉伽動起雙手。

用探針調查鎖孔，尋找陷阱，將其拆除，打開寶箱。

蹲在蜘蛛和甲蟲的屍體堆積如山，滿地都是體液或黏液的墓室的正中央。

——到頭來，冒險就是如此。

伊亞瑪斯靠在牆邊雙臂環胸，看著兩位同行者——或者說夥伴——喃喃說道。

到頭來，冒險就是如此。

小心翼翼地在地下一樓的走道上前進，闖入墓室，屠殺怪物，搶奪寶物。

然後前往下一層。

這正是冒險，而且——

——愈來愈像樣了。

至少可以在這層樓活命。還只能在這層樓活命。

不過，確實在前進。伊亞瑪斯嘴角掛著笑容，將事情交給兩人處理。

「有一座『迷宮（Dungeon）』只有善良的冒險者進得去，有一座『迷宮』只有邪惡的冒險者進得去。」

「啥？」

拉拉伽板著臉轉過頭。

臉上寫著他聽不懂伊亞瑪斯突然丟出的一句話。

賈貝吉在一旁小聲打了個哈欠。看來她對這個話題沒有興趣。

她判斷這兩個人又有話要聊了，跟小狗一樣蹲在寶箱旁，縮成一團。

伊亞瑪斯抬起下巴，叫他不要停止動作，接著說道：

「『迷宮』一次最多只能供六個人進入。如果兩座迷宮都想攻略，至少要幾個人？」

「這個嘛——」

他的話只講到一半。

墓室裡只聽得見盜賊思考時的嘟囔聲，以及操作開鎖道具的喀嚓喀嚓聲。

應該不會是十二個。不然何必要問。

過沒多久，細微的「喀嚓」聲響起，金屬聲就此消失。拉拉伽的話語在那之後才接續下去。

「……十一個吧？」

他把手放在寶箱的蓋子上，對自己的答案沒什麼信心的樣子。

「神官只有分善惡……盜賊可以找中立的……」

伊亞瑪斯回答。

「至少要七個。」

「什麼？」

「善良的神官、邪惡的神官，剩下的是五位中立的冒險者。」

拉拉伽啞口無言。

「……可以這樣喔？」

「只是『還可以這樣』而已。」

伊亞瑪斯低聲笑道。畢竟這是一旦全滅就無路可退的做法。

他離開牆邊，大剌剌地走近寶箱，用腳踢了下。

蓋子「叩」一聲掉下來，賈貝吉抬起視線，咕噥道：「ｙａｐ。」

「要多想點攻略法。因為正確答案不只一個。」

「…………………」拉拉伽皺起眉頭，緩慢起身。「喔。」

「狀況如何？」

「……？什麼東西的狀況？」

「道具的。」伊亞瑪斯說。「你新買的吧。」

拉拉伽露出複雜的表情，撫摸腰間的嶄新皮製腰包。

伊亞瑪斯知道，剛收進去的開鎖道具也是新買的。

「……跟之前的比起來，好用多了。」拉拉伽說。「跟之前的比起來。」

拉拉伽最近常去強盜貓商店。

應該是因為，他明白有些知識只能透過店長的指導得到。

提升技術是好事。能在「迷宮」中派上用場，就更不用說了——

「ｙａｐ！」

「嗯，等一下。」

已經前進一塊區域的賈貝吉，不耐煩地回頭吠叫。

伊亞瑪斯對她揮手，叫拉拉伽拿出地圖。

「我常常在想……有必要每次都看地圖嗎？」

「萬一不小心踩到陷阱門或傳送陷阱，那可不是鬧著玩的。」

伊亞瑪斯並沒有因為他不耐煩的語氣而生氣，平靜地接著說：

「看地圖是在比較地圖和親眼所見的地形有什麼差異。除了時間，不會有任何損失。」

「……好。」

雖說提不起勁，拉拉伽還是乖乖搜起自己的行囊。

取出地圖，確認現在位置，補充資訊，折起來收進去。

他嫌麻煩的原因應該是每次都得經歷這一連串的步驟，既然如此——

——是不是該幫他買個地圖袋？

思及此，伊亞瑪斯低聲笑了出來。

「ａｒｆ？」

賈貝吉不知何時小步跑回他身邊，發出疑惑的叫聲。

或者也有可能是「給我走快點」的意思。

無論是何者，伊亞瑪斯最後只有緩緩搖頭。

因為艾妮琪修女要是看到他這樣，肯定會心情大好。

＊

伊亞瑪斯的團隊——他不打算稱之為氏族(Clan)——當下的目的是鍛鍊。

「現在可以開寶箱了。」他說。「沒道理不去做。」

拉拉伽不曉得該如何理解這句話。

是在誇獎他嗎？不對，伊亞瑪斯的語氣純粹是在陳述事實。

即使如此，這是不是在說「沒有拉拉伽就辦不到」？

這個疑問閃過腦海時，拉拉伽總是覺得怪彆扭的。

因此，每次他都會大聲吶喊。

「你沒忘記我們之間的約定吧!?」

「約定？」

「yap!?yap!」

廚餘迫不及待地想衝進下一間墓室，伊亞瑪斯抓住她的後頸，轉頭詢問。

拉拉伽保持警戒——路上也有怪物會四處徘徊——回答：

「屍體啦，我的——」

——我的誰？

朋友？同伴？仔細一想，還真不知道該如何描述。

他不想在前面加上「以前的」、「原本的」之類的詞彙。

「……要幫我找。」

「嗯。」伊亞瑪斯愣愣地點頭。「我沒忘。」

「真的嗎？」

「死在這層樓對吧？」

「…………嗯。」

「arf!」

賈貝吉一副不耐煩的模樣，甩開伊亞瑪斯的手，意氣風發地踢開墓室的門。

看到她跳過倒在地上的門板衝進去，拉拉伽嘆了口氣。

「喂，嘿，等一下……!!」

為何這種時候伊亞瑪斯不會罵那個廚餘？

不過，若其他冒險者沒有先打倒牠們，墓室裡是會有怪物的。

追上獨自往裡面跑的賈貝吉，是拉拉伽的職責。

——接下來是什麼？髒狗、大老鼠，還是人形生物？

管他的，放馬過來。拉拉伽自暴自棄地拔出短劍，在墓室蹲低身子，進入備戰狀態。

「……」

「……ｗｏｏｆ。」

然而——什麼事都沒發生。

拉拉伽眼中，只看見由暗淡冰冷的白石堆砌而成的陰森地下牢房。

排列整齊的石板路，感覺很適合用來畫地圖。

——這裡……還真大。

地下迷宮的大小模糊不清。每次看到的時候，實際面積都不一樣。

伊亞瑪斯說過「去計算步數」。「只有步數和『方位（杜馬皮克）』能信」。

——等等必須繞一遍這個大房間。

但現在得先逮到廚餘再說。

看那個樣子，放著不管的話，她很可能立刻衝進下一間墓室。

「yap！」

拉拉伽小跑步到她身邊，無視她的抗議，揪住她的後頸。

「……怎麼有股味道。」

他低聲咕噥道。賈貝吉抬頭盯著他，並沒有聽懂那句話的意思。

拉拉伽在意的不是全身是血的她身上的氣味——而是瀰漫於墓室中的某種味道。

是他**聞過的味道**。

那些人熟睡後，他偷偷從熄滅的營火堆裡撿來的焦黑培根碎屑。

負責開鎖的那傢伙，被藏在寶箱裡的炸彈炸飛後留下的煙霧。

不久前，頭髮被大蜻蜓噴的火焰燒到時發出的味道。

——是肉燒焦的味道。

「你找的是女性的圃人冒險者對吧？」

伊亞瑪斯突然開口。

轉頭一看，黑衣男子蹲在墓室角落的陰影中——不對。

「那就不是它了。」

他看成陰影的，是一塊焦炭——人類形狀的焦炭。

「嘔、噁……」

拉拉伽會忍不住反胃也是無可奈何。

透過炭塊的裂縫，隱約看得見白色、紅色，黏糊狀的熟肉的顏色。

他在寺院幫艾妮琪修女的忙時，經常為遺體卸除裝備，不過這還真是……

「太慘了……這是什麼……？」

死法並不尋常。首先可以確定的是，這人並非死於劍或武器，牙或爪之下。

魔法——肯定是魔法。拉拉伽心想。雖然他純粹是只想得到這個可能性。

比拉拉伽高上將近一倍的巨漢死得如此悽慘，肯定是魔法——

「好大，從身材來看，應該是女人。」

「……咦？」

拉拉伽聞言，錯愕地眨眨眼睛。

老實說，他不太想直視，但他還是怯生生地從伊亞瑪斯旁邊探出頭，觀察屍體。

衣服、鎧甲、裝備全部燒焦、融化了，半點都不剩。

臉部也是令人不忍卒睹的慘狀，燒成焦炭，然而——

——……是女的，嗎？

經他這麼一說，描繪出柔和曲線的豐滿身軀，的確像是女性。

不過這副德行，不可能讓他產生其他想法。

假設這人還活著——

「arf？」

「……沒事。」

他下意識偷看賈貝吉，跟無憂無慮的藍眸對上目光。

——八成跟她截然不同。

「總之，不會是圃人。落空了。」

伊亞瑪斯下達結論。

他似乎對屍體失去了興趣，環顧四方尋找前進的道路。

這動作跟賈貝吉真像。拉拉伽發出連他自己都為之震驚的低沉聲音。

「……不撿回去嗎？」

「今天是來鍛鍊的。」伊亞瑪斯說。「屍袋也只有兩個。」

需要用到三個的時候，代表連負責拖屍袋的人都沒有。

拉拉伽一語不發，低頭看著倒在腳邊的悽慘遺體。

——她是什麼樣的人呢？

是善，是惡，還是中立？戒律這種東西僅僅是當事人自己聲稱的，不代表一個人的本性。
她為何來到「斯凱魯」，為何潛入這座「迷宮」？
有夢想？有目的？在哪裡長大的？喜歡什麼？討厭什麼？
這些通通不重要，她死在這裡，倒在這裡，靈魂化為灰燼，消失了。
誰都不會想起這具可悲悽慘的屍體——曾經是冒險者的屍體。
就像曾經的自己。就像那個死在飛箭陷阱下的圃人少女。
「…………………………」
「怎麼了？」
伊亞瑪斯問，拉拉伽回答：
「……說不定是她。」
「哦？」
「燒成這樣，根本看不出是誰。」
他自己也覺得這個藉口很爛。
可是一旦開口，話語這東西比想像中還要容易脫口而出。
拉拉伽索性豁出去了，懷著自暴自棄的心態乾脆地吐出謊言。
「所以，得先復活她才知道吧。」
伊亞瑪斯發出低沉的笑聲。

「負債要增加囉。」

「之後再還不就行了……！」

他伸手討屍袋，伊亞瑪斯默默將袋子扔給他。

拉拉伽抓住它的腿部，抬起炭化了仍然沉重的遺體。

曾經是皮膚的部位紛紛崩解，黏在手上，他卻毫不介意。

倘若這具屍體是個花樣年華的少女，這個姿勢挺羞恥的，他卻毫不介意。

——我特地把妳搬回去，妳就別抱怨了……！

儘管拉拉伽被伊亞瑪斯當成雜工使喚，早已習慣搬運屍體，他的能力終究有極限。

他從未搬過這種炭化的屍體，當然搬得很辛苦，陷入苦戰。

「ｙａｐ！」

不知何時小步走過來的賈貝吉，看著拉拉伽這狼狽的模樣。

藍眸亮起愉悅的光，她的叫聲彷彿在嘲笑他「你在搞什麼鬼」。

拉拉伽自然不會期待賈貝吉來幫忙。

「對了，你有沒有打算花五百枚金幣求個心安？」

「會算在借款上吧。」拉拉伽噘起嘴巴。「現在欠再多錢我都無所謂了。」

「好。」

伊亞瑪斯從斗篷內側拿出一個小瓶子。

裡面裝滿淡綠色液體，源頭疑似是放在底部的小石子。

他跟拉拉伽說過，那是「治療（迪奧斯）」的藥水。

「聽說稍微治療一下，靈魂比較容易誤以為『有人幫我治療，得救了』。」

「還真的是求心安的……」

以屍體的狀態來說，真是無濟於事。

拉拉伽苦笑著拔掉小瓶子的蓋子，隨便灑在屍體上。

然後費盡千辛萬苦，將溼掉的屍體塞進屍袋。

這段期間，賈貝吉一直在拉拉伽周圍走來走去。

拉拉伽怕她又會踢來踢去，心裡燃起怒火，但她好像還懂得什麼東西不能亂踢。

「……雖然我並不是在期待，這傢伙真讓人不爽。」

「ａｒｆ。」

她臉上寫著「終於好啦」、「拿你沒辦法」。

這個態度簡直像在看笨手笨腳的孩子，拉拉伽非常不服氣。

「你要自己搬。」

「不用你說……我知道。」

聽見伊亞瑪斯的指示，拉拉伽噘起嘴巴。

是他自己提議要救人的，善後工作也該由他負責。

拉拉伽將綁住屍袋袋口的繩子纏在手上，一肩扛起。

「損壞沒關係，身體部位可不能少。石化的屍體也一樣。」

「……缺少部位的屍體復活時，會變成什麼樣子？」

「會變成什麼樣子呢？」

這個玩笑一點都不好笑。不對，以伊亞瑪斯的個性來說，他或許是認真的？

拉拉伽無法分辨。

「今天先回去吧。要把那女孩搬去寺院。」

「是說。」

「怎麼了？」

拉拉伽不經意地環顧四周，說出一直懸在心上的疑問。

地上是不明物體的灰燼，以及斷掉的木棍。那麼——

「她的團隊呢？」

這時，廣闊墓室的深處傳來令人汗毛倒豎的咆哮，迴盪四方。

答案就在**那裡**。

＊

又不是沒看過，他以為自己應該不會再嚇到。

他明白這叫愛面子、故作堅強，或者說死不服輸。

即使如此，他好歹看過一次，不想顯露同樣的醜態。

「whine……」

不過，這到底——————是什麼？

賈貝吉——連賈貝吉都發出微弱的叫聲。拉拉伽半點聲音都發不出來。

這是什麼？

這個問題的答案只有一個。

「SSSKREEEEEEEEEONK！！！」

是龍。

光憑咆哮，這陣衝擊就能震撼靈魂。

拉拉伽產生「迷宮」突然扭曲、擴大的錯覺，倒抽一口氣。

佇立於眼前的是巨大如山的身軀、硫磺般的臭氣、眼中燃燒著凶光的怪物。

不，正在燃燒的不只眼睛。還有那彷彿閃耀著水光的身體。

拉拉伽從未看過熔岩，卻認為肯定就是這個樣子。

紅色。

那隻生物全身覆蓋宛如烈焰的鱗片，是紅龍，也是死亡本身。

「原來如此，火龍(Fire Dragon)嗎……」

然而，被恐懼囚禁的身體解開了束縛。他聽見伊亞瑪斯的嘟囔聲。

伊亞瑪斯不知何時站到了拉拉伽跟賈貝吉旁邊。

他的手放在腰間的黑杖——那把纖細的騎兵刀(Sabel)的刀柄上。可見情況有多麼危急。

「會、」緊繃的聲音自拉拉伽的喉間傳出。「……贏吧？」

「為何這麼覺得？」

「因為——…………」

因為，你上次打倒過龍啊。

這句低語近似祈禱、希望、願望。

以前在「迷宮」中突然遇到龍的時候，這男人不費吹灰之力就打倒牠了。

就拉拉伽看來，不費吹灰之力。

「跟那隻不是同一個級別。」

正因如此，他無法相信伊亞瑪斯輕描淡寫說出的這句話。

黑衣男子愉悅地笑著，不知道在笑什麼，搖搖頭叫他死了這條心。

——這傢伙是應該要待在最下層的怪物。

「GROOOOOOWL！！！！」

拉拉伽進入了那隻怪物的視線範圍內。並不是被牠放在眼裡。

拉拉伽沒有那個資格。煩人的小蟲子。僅僅是這樣的存在。

所以，遇到蟲子牠會怎麼做？牠舉起手臂——那隻光爪子就跟拉拉伽的身體一樣長，粗如巨木的手臂。

「啊哇啊啊！！！」

真窩囊的尖叫聲。撼動迷宮的衝擊震得他身體離地，飛了出去。

沒死。至少現在還沒死。

——躲掉了……!?

簡直是奇蹟。或是因為牠沒有要攻擊的意思。

火龍只是向前移動罷了。連開戰都稱不上——

「yelp!?」

賈貝吉哀了聲摔在地上，像顆球似地彈起來，坐起上半身。

她已經重新握緊背上的大劍，壓低姿勢露出利牙，宛如一隻野狗。

「woof……!!」

鬥志旺盛。士氣沒有絲毫受挫。

——這傢伙真厲害。

拉拉伽眉頭緊皺，慢了幾秒才跟著拿好短劍。

然而——他對於自己該採取什麼行動毫無頭緒。

只知道屍袋發出聲響掉在腳邊，希望裡面的東西不要碎掉。

「喂，怎麼辦……!?」

他的吶喊有如哀號，眼珠子頻繁左右移動。

賈貝吉低吼著。求妳不要衝出去。伊亞瑪斯一動也不動。求你說點什麼。

「沒有其他的對吧？」

「咦咦!?」

「怪物。」伊亞瑪斯說。「進入墓室後，沒遇到其他怪物吧？」

「是沒有……」

問這個有什麼意義？伊亞瑪斯沒有回答拉拉伽的疑問，自言自語道：

「那就是遊盪怪物（Wandering Monster）了……」

他拖著腳步緩慢移動，似乎在計算跟火龍之間的距離。

「運氣不錯。」

「哪裡不錯……!?」

「我有辦法。」

真的嗎？拉拉伽用眼神詢問，伊亞瑪斯誇口說道：

「如果你想帶她回上面，就把屍袋扛好。」

「喔、喔……！」

拉拉伽沒有從火龍身上移開視線——以僵硬的動作蹲下。

把繩子纏在手上，將屍袋當成雜物袋扛起來。

焦炭摩擦的聲音及觸感，隔著麻布傳來。

她為什麼會變成這樣？其他同伴呢？自己也會落得這種下場。

——可惡……！

拉拉伽痛罵快要腿軟的自己，咬緊打顫的牙齒。

「spiiiit……」

賈貝吉低吼著，手握大劍，無法分辨何時該衝上前。

龍沒有動。還沒有動。還沒——自己還沒死。還活著。

「要怎麼做……？」

伊亞瑪斯說：

「逃。」

「yap!?」

下一刻，賈貝吉嬌小的身軀在她企圖衝上前時飄離地面。

伊亞瑪斯將她扛在肩上。

拉拉伽還沒大叫「你說啥!?」身體就跟著跑起來，他自己也嚇了一跳。

「為、為什麼……!?」

「贏不了，當然只能逃。」

「SSSKREEEEEEEEEEEONK!!!!」

試圖反駁的嘴巴，被身後震耳欲聾的咆哮關上。

熱風——真正意義上的吐息——隨著巨響吹過，燙得背部隱隱作痛。

拉拉伽使勁拉緊繩子，避免屍體掉下去，拚命向前跑。

——對了。

全速狂奔的過程中，拉拉伽忽然想到一件微不足道的小事。

他為何還活著？他為何沒有死？他為何有辦法悠閒地站在龍面前發抖？

——**伊亞瑪斯**。

那隻龍看的不是拉拉伽，也不是賈貝吉。牠只注視著伊亞瑪斯。

伊亞瑪斯沒有動，所以龍也沒有動。

像在預測、觀察敵人的動作、第一步一樣——不敢大意，沒有行動。

——還不夠……什麼都，還不夠……!

拉拉伽氣喘吁吁，瞪向跑在前方的黑色背影。

被他扛著的紅髮少女清澈的藍眸望向他。

無須言語，他也知道她想表達什麼。

「whine……！」

——我也很不甘心。

這句話，拉拉伽當然沒有說出口。

＊

「迷宮」淺層出現火龍的傳聞，很快就在「斯凱魯」傳開。

畢竟在這座城市，關於冒險者的話題跟談論天氣一樣普遍。

更重要的是——

「景氣變差了……」

沒錯。

「那群冒險者怕了。」

「能碰到這麼稀奇的事，是滿有趣的啦。」

「你還笑得出來。現在缺錢又缺商品。該怎麼辦？」

「可是，我們又沒辦法自己進去搜刮……」

「光想就覺得恐怖。饒了我吧。」

因為「斯凱魯」除了「迷宮」以外一無所有。
就只是座位於黯淡的深灰色天空底下，風帶著一絲涼意的城市。
全是多虧「迷宮」源源不絕的財寶，這裡才能成為繁榮的不夜城。
負責將財寶從地底帶到地上的，是力量非比尋常的冒險者。
在這座「迷宮」裡面，傳說中的英雄的後代、村裡的年輕人，都僅僅是最底層的弱者。
不過，與人類無法理解的怪物交戰後倖存下來的冒險者，會得到神代英雄般的力量。
而擁有此等的力量——面對死亡之紅龍依舊束手無策。
靠著在「迷宮」淺層屠殺怪物賺錢的人，自然會退縮。
有能力避開火龍，前往深層的人，行動時也變得極其慎重。
並非畏懼死亡。
死了不就得花錢復活嗎？
喜歡讓那些貪婪的偽善者（寺院）獲利的人並不多。（註2）
可是，待在「迷宮」內部會導致時間感錯亂。

註2　遊戲中讓冒險者復活的設施是カント（寺院）。

還停留在裡面，不知道有火龍出現，繼續探索的人也不少。

「那麼，該如何是好？」

「去委託人看看吧……」

「斯凱魯」工商組織——稱之為公會更加正確——的成員，決定採取行動。

也就是用自古以來的正統方式，存錢委託有望解決問題的冒險者。

答覆就一句。

「遊蕩怪物身上又沒有寶箱。」

賽茲馬在「杜爾迦酒館(Tavern)」大口嚼肉，豪邁地哈哈笑著。

「是啊。」

被他半強制性地抓來一起吃飯的伊亞瑪斯點了下頭，表示肯定。

當然不是伊亞瑪斯來找他聊屠龍的。

他在吃麥粥的時候轉眼間被群星(All Stars)包圍。

今天大家都卸除裝備，身穿便服，不過會因此影響實力的，也只有戰士而已。

群星裡面有**四個人**在場——不可能逃得掉。

「沒錢了嗎？」

「不至於沒錢，但缺錢。」

「不如說是不能再缺下去囉——」

賽茲馬嘆了口氣，圃人（Rhea）盜賊莫拉丁竊笑著補充道。

「打倒牠的話商人是會給錢沒錯，可是他們又不會因為我們這邊死了人就加錢。」

「喔。」

伊亞瑪斯冷淡地回應，吃了口麥粥。

「霍克溫嗎？」

「怎麼可能。」塔克和尚立刻回答。「那傢伙頭被砍飛都死不了。」

「你是明知故問吧？」莎拉瞇眼瞪向伊亞瑪斯。

正是如此。

群星——在斯凱魯名列前茅的這群冒險者是六人團隊，遵循冒險者的常規。

現在少了兩個人。那名黑衣密探，以及用斗篷掩蓋美貌的魔法師。

雖然要視狀況而定，硬要說的話，比較容易死的是——

「哎唷，我們這個團隊，」莎拉說。「後衛是我、塔克和尚、莫拉丁、普羅斯佩洛對吧？」

「之前從後方遭到偷襲（Back Attack）。」

「普羅斯佩洛就是第一個死的囉。」

賽茲馬尷尬地點頭，伊亞瑪斯把湯匙扔進麥粥的盤子。

吃什麼都無所謂，能盡快吃飽即可。能力並不會因為吃進肚裡的食物有所改變。

填飽肚子了，伊亞瑪斯卻沒有馬上離席，是因為他喜歡這個團隊。

他不介意花時間跟他們聊幾句。反正除了待在飯店，他也無事可做。

「所以，你們不會去殺嗎？」

「賺錢的手段不只屠龍。」

「我們跟睡馬廄就滿足的你不同，伊亞瑪斯。很多地方用得到錢。」

最近會睡簡易床鋪——伊亞瑪斯並未刻意糾正精靈少女。

只是覺得同為精靈，她跟艾妮琪差真多。

——不，對金錢很執著這一點好像是一樣的？

想這個也沒意義。要是把這個想法說出口，兩位精靈八成會豎起長耳。

「不管怎樣，咱們又沒必要去淺層。」

莫拉丁手裡不知何時出現一杯麥酒，恐怕是從經過旁邊的女侍的托盤上拿來的。

他津津有味地舉起跟那矮小的身軀比起來稱得上大的酒杯，舔掉嘴角的泡沫。

「伊亞瑪斯，你那邊狀況如何？帶著兩個小鬼頭很辛苦吧？」

「也不會。」

伊亞瑪斯抱著胳膊沉思，用符合這句話的平淡語氣回答：

「只要敵人不是墓室的守護者，怎麼樣都逃得掉。」

「唷，你有好好照顧他們呀？」

「沒禮貌。」

莎拉深感意外的樣子，塔克和尚訓了她一句，她像個小女孩似地反駁道：

「因為，把賈貝吉交給伊亞瑪斯照顧，太糟蹋了吧——」

「糟蹋。」

「我不認為這有什麼問題……就年輕這一點來說還不賴。」

「她可是女生耶？」

有進步空間，又學得快。

「呃啊。」

聽到他這麼說，莎拉誇張地皺眉，故意跟他拉開距離。

「我得提醒艾妮，一定要多注意伊亞瑪斯……」

「用不著你說，伊亞瑪斯大爺也會受到監視吧。」

莫拉丁再次哈哈大笑，塔克和尚的叮嚀也被他當成耳邊風。

賽茲馬將圃人與精靈交給矮人應付，邊講邊喝酒吃肉。

「所以那兩個人怎麼樣了？你應該不會把他們送進寺院吧？」

「嗯。」伊亞瑪斯語氣悠哉。「今天是寺院。」

當然沒有死，也沒有化為灰燼。

＊

充滿呢喃、祈禱、詠唱，祈願的話語，安靜祥和的禮拜堂中，響起艾妮琪的嘆息。

「太可悲了！」

柳眉倒豎依然不損她的美貌，或許要多虧從頭巾及銀髮底下露出來的那對抖動的長耳。

拉拉伽只得乖乖坐在長椅上，洗耳恭聽。

畢竟之前她在武器店將刺客一刀兩斷時，離她最近的就是拉拉伽。

——假如她不是靠運氣才砍斷他的頭（Critical Hit）。

一想到八成不是巧合，他就覺得傻子才會故意刺激她。

「yap。」

事實上，賈貝吉早就逃去避難了，裹著自己的斗篷坐在角落。

不過，拉拉伽不知道賈貝吉那麼害怕的理由。

艾妮修女害她吃了什麼苦頭嗎——

——可惡的伊亞瑪斯。

仔細一想，今天來到寺院並沒有問題。

他們在酒館集合，分頭行動。這也沒有問題。因為是他自己決定要做的。

不過，命令賈貝吉「陪他一起去」是什麼意思？

賈貝吉聽了便邁步而出，帶他來到這裡。

走在前方的紅髮少女頻頻回頭看他，跟帶狗散步截然不同。

因為那對宛如清澈湖面的藍眸，顯然在催他快點跟上。

——應該要叫我「帶她一起去」才對吧……！

「你有在聽嗎？拉拉伽先生！」

「咦？啊，嗯、嗯……有的。」

危險。

精靈近在眼前的美麗容顏與淡淡的沉香味，害拉拉伽驚慌失措地回答。

當然有在聽。以前暫且不提，現在——神奇的是，能聽進去的事情變多了。

「妳說冒險者不進迷宮很不可取……」

「實力不足的人不能勉強。嗯，這個誰都改變不了。」

然而，她大概不是想聽見拉拉伽的回應。

艾妮瀟灑地遠離他，搖搖頭，看起來很生氣。

「有能力挑戰迷宮的人卻裹足不前，成何體統！」

「裡面有龍耶。」

拉拉伽雙臂環胸，靠在長椅的椅背上仰望天花板。

那隻駭人的紅龍浮現腦海。

牠是死亡本身。與之為敵會死——會成為灰燼——會消失。

像他這種渺小的冒險者，龍肯定不會放在眼裡。

——除了伊亞瑪斯。

拉拉伽板起臉，悶悶不樂地搖頭。

「給再多錢都划不來。」

「屠龍不是冒險者的勳章嗎？竟然對此等功績敬而遠之……」

可悲，太可悲了。艾妮不斷搖頭抱怨。

但她並不是在跟拉拉伽和賈貝吉抱怨。

寺院的禮拜堂沒什麼人。

真難得。

至少來到這間寺院幫忙後，拉拉伽從來沒遇過這種情況。

冒險者不挑戰「迷宮」，死去的冒險者當然會變少，寺院的訪客也會減少。

巨大的石造建築物。走路無聲的聖職者。聳立於深處的巨大神像。

不知為何，空蕩蕩的禮拜堂顯得比平常更加莊嚴，真不可思議。
拉拉伽心不在焉地瞄了眼卡多魯特神那遙不可及的面容。
前陣子艾妮琪修女跟他說過，那裡是伽藍堂。
過沒多久，一名神官靜靜從裡面的房間走向三人。
她把嘴湊到艾妮的長耳旁邊，悄聲說了幾句話，艾妮轉身面向兩人。
「準備好了，我們走吧。」
「喔。」
「ａｒｆ！」
拉拉伽從長椅上跳下來，察覺到他有動靜的賈貝吉也跟著起身。
看著廚餘小步走過來，拉拉伽忽然想到一個問題。
「……修女，不能由妳去屠龍嗎？」
她一語不發，對拉拉伽微笑。
拉拉伽沒來由地覺得，這抹微笑比任何回答都更有說服力。

＊

「哇啊啊啊啊啊……!?」
貝卡南發出驚慌失措的聲音，甩動粗壯的四肢。

這個動作實在很難看，可是在巨蛙（Giant Toad）口中也由不得她顧形象。

她好不容易掙脫纏住她的舌頭爬出來，從頭到腳都是髒兮兮的黏液。

全身溼透的狼狽樣，令她差點哭出來。

她早就知道旅行途中有可能會弄髒，但這可是祖母為她縫製的衣服。

「法師，施法！」

「嗯、嗯……！」

儘管如此，被人叫到的時候她還是猛然抬頭，慢吞吞地站起來。

連名字都不知道的夥伴仍然是夥伴。接獲夥伴的指示，她很高興。

「『赫亞（火焰）　萊（啊）　塔桑梅（來吧）』!!」

她用顫抖著的聲音吶喊，凝聚魔力，扔出於指尖點燃的「小炎（哈利特）」。

這個偉大的法術是貝卡南經歷數年的修行，終於從祖母那裡學到的奧義。

火焰在黑暗的迷宮中描繪出發光的軌跡，擊中巨蛙的表皮，彈了開來。

半點焦痕都沒留下。

「咦？奇、奇怪……？」

「妳在搞什麼鬼……！」

站在前線的戰士怒吼道，朝青蛙揮下厚重鋒利的鋼鐵大劍。

外皮具有橡膠般的彈性，卻比想像中更加堅韌。

劍刃都刺進體內了，巨蛙依然若無其事地張開大嘴。

「哇!?」

貝卡南拚命縮起身子，閃過從頭上刺過去的舌頭。

屁股撞在石頭地上，陣陣發疼，不過總比又被吞進去好。

或者——比又要在酒館痴痴等待好。

——妳連「睡眠（卡堤諾）」都不會用喔。

她懷著期待坐在「杜爾迦酒館」，反射性眨了下眼。

有冒險者前來與她攀談，詢問她是不是魔法師，她晃著高大的身軀拚命點頭。

『我、我……會用火焰的真言（True Word）！』

對方給予的是殘酷至極的回應。

與此同時，她得知奶奶傳授給她的奧義，在「迷宮」僅僅是第一階段的「**小炎**」。

「斯凱魯」和外界的實力差距，實在太過懸殊。

雖然她早就聽別人說過，「迷宮」是神話、傳說中的世界。

貝卡南有如坐在兒童椅上的大人，比其他人高出一、兩顆頭。

引人注目的她被搭訕的次數自然比較多，被拒絕的次數也與之成正比。

看來，人人都不想找只會發射火焰的魔法師。

有人指著她的法杖問她「妳是使棍的？來我們隊裡當前衛吧」時，她忍不住逃離酒館。

單憑魔法師這個身分，沒資格受到邀請嗎？

或者，可能只是她的運氣不好。

偶爾也會有到處都是隊裡有空位給魔法師入隊的冒險者的日子。

不管怎麼樣，她無從確認。

最後，貝卡南無事可做，沮喪地坐在桌前，結束來到「斯凱魯」的第一天。

看不下去——應該不是這個原因，總而言之，一名睡在馬廄的冒險者為她指出一條路。

她含淚堆著稻草時，那位冒險者一面穿戴裝備，一面說道：

『那妳可以去「迷宮」的一樓看看。』

戒律不同的冒險者在街上不能共同行動，此乃不成文的規定。

但「迷宮」例外。

意即，「迷宮」一樓需要魔法師的冒險者的分母會變多——即使只是用來應急的。

真的嗎？她半信半疑地來到「迷宮」地下一樓。

即使這個空間擠滿冒險者，貝卡南還是分外顯眼。

暴露在好奇，或者是好色的視線下，她縮起巨軀，杵在牆邊。

過了一會兒，最先跟她搭話的團隊得知貝卡南會用的法術，商量過後對她這麼說：

『……算了，有總比沒有好。』

恐怕隸屬於惡之戒律的團隊，在上一場探索失去了魔法師。

令人驚訝的是，在這座城市能夠復活死者，不過當然要花錢。

儘管只是被抓來湊數的，順利加入團隊的貝卡南仍然心滿意足。

到了現在。

「嘖，給人添麻煩……」

戰鬥結束後，不知其名的戰士踩在巨大青蛙的屍體上唾罵。

角落是蹲在剛發現的寶箱前面，默默解除陷阱，專心開鎖的盜賊。

其他人也站在墓室的四方，包紮傷口或戒備四周，履行各自的職責。

關心蹲在牆邊垂頭喪氣的魔法師的人——一個都沒有。

「那隻青蛙……有法術保護。」

貝卡南無力地咕噥道。

「所以我的火焰才會被彈開……否則——」

否則怎麼樣？

用來掩飾不安的藉口，最終只會助長自我厭惡的情緒。

她抬起埋在雙膝間的頭望向其他人，他們卻沉默不語，是她害的嗎？

還是他們一直是這種隊伍，就算她不在也一樣？

——被趕走怎麼辦？

又得在地下一樓找人嗎？還是去酒館？

然而，大家都知道她找不到同伴，也知道她今天跟這群人共同行動。

貝卡南明白自己很引人注目，八成一下就會被記住。

廢物貝卡南。慢吞吞的貝卡南。巨人貝卡南。派不上用場的貝卡南。

——不過，冒險者是不是不太會關心其他冒險者……？

但願如此。她心想。

雖然她並不抱期望，幾乎把這當成祈禱或祈願。

「收穫如何？」

「差不多一百枚金幣。」

「沒有利刃劍（Blade of Biting）或好用的短劍嗎？」

「青蛙身上怎麼可能有那種東西。」

「喂，出發了！」

「啊，嗯。」

在他的呼喚下，貝卡南緩緩起身。

她低聲唸出「消失（非伊辛）」的咒文，在途中搖搖頭。

——祖母會生氣……

貝卡，妳聽好。絕對不能隨便使用真實的話語。

她再三叮嚀。不可以用在清除沾到衣服的黏液上。

可是，每次踩在地上都會發出啪噠啪噠的滑稽腳步聲，她非常難為情。

青蛙的黏液害衣服緊貼在身上，又刺又癢，不曉得是不是錯覺。

走在旁邊的盜賊——看起來是精靈，名字不知道——好像在盯著她看。

她認為自己想太多了，卻還是嚴重駝背，浪費力氣在縮起身體上。

「……怎麼有股怪味……」

「青蛙的口水味吧？」

黑暗中的某人說。貝卡南用細不可聞的聲音嘀咕道：「不是我。」

她用雙手握緊巨大的法杖，將它抱在豐滿的胸部前。

無意義地左右張望。於腦海反覆朗誦真言。

這次不會失敗。這次要用我的火焰解決敵人。這次要——

「——？」

貝卡南忽然發現，一道黑影落在她身上。

這種事極其罕見。因此她反射性望向上方，起頭，映入眼簾的是——

「啊。」

紅色的，龍。

＊

呢喃——祈禱——詠唱——祈願。

＊

「啊、嗚、啊啊啊啊啊啊啊啊啊——！！！？」

貝卡南全身抽搐，雪白的身體不停跳動，痛苦掙扎。

「好燙！好燙!?啊啊啊啊啊啊——!?啊——!!」

無法呼吸。好痛苦。她用力抓著喉嚨，撕心裂肺地吶喊，瞪大眼睛。

「——沒事了。」

冰涼——冰冷卻柔軟的手掌，以及溫暖的話語，制止了她的行為。

輕輕扶著她的背的那隻手，像在安撫孩童似地緩慢上下移動。

「妳的生命得到了神明的許可。對煩惱、痛苦、死亡的恐懼，將成為人生的養分。」

她無法回答。微弱的呼吸聲脫口而出。喉嚨火辣辣地疼。

不過，那平靜溫和的話語傳到了她心中，為她注入生命。

沒錯——心中。心臟。心臟在撲通跳動。她活著。她活著……

四肢也完好無損。不是暗紅色的爛肉，不是蒼白的死肉，不是漆黑的焦肉。是祖母稱讚過的身體。貝卡的皮膚又白又嫩，連太陽都晒不黑。

「請妳以更有價值的人生、更有價值的死亡為目標。抬起頭，向前邁進。」

被淚水模糊的視野，映出美麗的銀髮精靈。語氣及表情都溫柔穩重。

彷彿在輕聲安撫、鼓勵她。

她氣喘吁吁地呼吸。拚命吸氣。然後，然後——

「因為妳是受到期待的人。」

貝卡南哭出聲來。

＊

「平安結束了。」

「喔……」

艾妮琪修女這句話，令拉拉伽睜大差點閉起來的眼睛。

少女宛如無助的女童，跟在精靈修女後面。

一絲不掛的雪白身軀上披著麻布，她駝著背左顧右盼，形跡十分可疑。

這麼一小塊布，根本遮不住她的美貌及異國氣質。

然而比起這些，拉拉伽最先想到的是——

「好高……」

這句話脫口而出的瞬間，少女抖了一下，縮起身子。

艾妮琪銳利的視線緊接著刺在他身上。

可是，她的體型實在不適合以少女稱呼——那女孩比拉拉伽和伊亞瑪斯都還要高。

儘管如此，拉拉伽還是立刻道歉，因為他想起過去的隊友。

每個人都有不想被人言及、被人嘲笑的部分。

「……抱歉。」

「沒、沒關係……我習慣了……」

女孩搖搖頭，向後退去，將巨大的身軀藏到艾妮後面。

當然不可能藏得住。她們的體型差太多了。

——對喔……

事到如今拉拉伽才想到，她沒有穿衣服或裝備，代表那個時候是裸體。

扔進屍袋、接近一塊焦炭的無生命肉塊，穿不穿衣服當然沒什麼差。

不過講這種話，這名可憐的、身材高大的黑髮女孩，八成會縮得更小。

拉拉伽尷尬地移開目光，跟興致缺缺的藍眸四目相交。

「ａｒｆ。」

賈貝吉輕聲吠叫，彷彿在問他「你在幹麼啊」。拉拉伽簡短回應：「閉嘴啦。」

他發現在場的其他人全是女性。若將這個廚餘也算進去，就是三比一。

寡不敵眾。

艾妮推了下女孩的背，為她打氣。

「……來，去吧。」

「那、那個，呃……」

女孩仍然戰戰兢兢，講話結巴，對他深深一鞠躬。

「謝謝你。聽說，那個，是你救了我。那個……」

她應該有盡量收斂了，但對拉拉伽而言，她的動作還真大。

黑髮擦過鼻尖，女孩從底下凝視拉拉伽。

分不清這該叫由下往上看，還是由上往下看。

可是他看得出女孩在看他的臉色，眼中帶有參雜恐懼、討好及不安的情緒。

「那個……為什麼要——」

要救我？

© so-bin

——我也不知道。

拉拉伽無言以對，視線在空中游移不定。他自己也想不出答案。

要花錢，又沒有好處。就算叫她還錢，他也不覺得有辦法從中獲利。

意即沒有得也沒有失。不對，考慮到付出的勞力等各種因素，搞不好是虧的。

「……碰巧看到。」

硬要說的話，到頭來就是這麼微不足道的理由。

「比起死掉，活著做自己喜歡的事更好。」

聽見這句話，艾妮琪修女不知為何瞇起眼睛。

拉拉伽不懂，她為何對他露出那種笑咪咪的表情。

是不是又說錯話了？

既然如此，千萬不能繼續走在這個陷阱(pit)上。

女孩目瞪口呆，拉拉伽環視周遭——

「喔，對了，那東西。」

「Woof！」

「給我啦……」

他撿起賈貝吉無聊地用腳踢著玩的木棍，扔給女孩。

那根東西對拉拉伽而言太過沉重，像一根棍棒般又硬又長。

沒錯，**像**一根棍棒。不是棍棒。他知道那是什麼。

「這是妳的**法杖**吧……還妳。」

「嗯、嗯……！」

她用雙手將拉拉伽遞出的法杖抱在胸前，把它當成珍貴的寶物對待。

太好了，太好了——她的呢喃帶著哭腔，還聽見道謝的話語。

雖然那誇張的動作，彷彿在從拉拉伽手裡硬搶東西過來。

那間武器店的店長強盜貓僅僅看了一眼——沒有其他方式可以形容——就這麼說。

真是把好杖。

堅固強韌，施有保護持有者的魔咒。

在外面相當稀有——在「迷宮」倒是隨處可見。

女孩抱著那把杖抽抽搭搭地哭著。

就算她蹲在地上，拉拉伽也能看清她的臉，用不著特地往下看。可是，她現在看起來十分渺小。

她來自何方？想要做什麼？名字也好，其他情報也罷，他對她一無所知。

只知道她是魔法師。不久前剛復活。

——而她的復活費，是由我代墊的。

艾妮琪修女一語不發，看著拉拉伽。

她的視線令他非常不自在。

「ｗｈｉｎｅ……？」

賈貝吉毫不在意這種事，小步走到女孩旁邊。

這個紅髮廚餘在想什麼，拉拉伽一頭霧水。

八成是「這傢伙什麼人啊」──這種類似野狗在聞氣味的行為。

被她盯著看的女孩卻用一把眼淚一把鼻涕的臉，露出扭曲的笑容。

謝謝。她的聲音微弱得像輕聲細語。拉拉伽嘖了聲。女孩嚇得身體一顫。

「……那妳之後打算怎麼辦？」

「之、後──？」

連提問者都不明白。

拉拉伽覺得這是個惡劣的問題。但他不得不說。不得不問。

「是我自己要出錢幫妳復活的啦。可是──」

視線前方是這個祭祀場的外面。禮拜堂。守護神就聳立於此，多魯特神。

「幫妳復活，不是用來讓妳蹲在這哭的吧。」語畢，他又補上一句。「大概。」

「我、我……我……」

記憶在少女──貝卡南腦中縈繞不去。

慢吞吞的貝卡南。廢物貝卡南。要成為優秀的魔法師。要在「迷宮」闖出名號。

只會用「小炎(哈利特)」。派不上用場。奶奶縫製的衣服。還有——

「……我。」

她的聲音沒有顫抖，連她自己都覺得驚訝。

這輩子，她講話有這麼清楚過嗎？

在她的記憶中是沒有。

至今以來，她一直在害怕。什麼都做不好。運氣很差。

再怎麼努力都沒用。拚上性命也沒用。到哪都是個廢物。

將來也永遠會是如此嗎？一直害怕，一直逃避？

——不要。

她心想。我不要這樣。為什麼倒楣的都是我？既然如此。

貝卡南緊盯著前方，開口說道：

「我想——解決那隻紅龍。」

第二章

Edge of Town

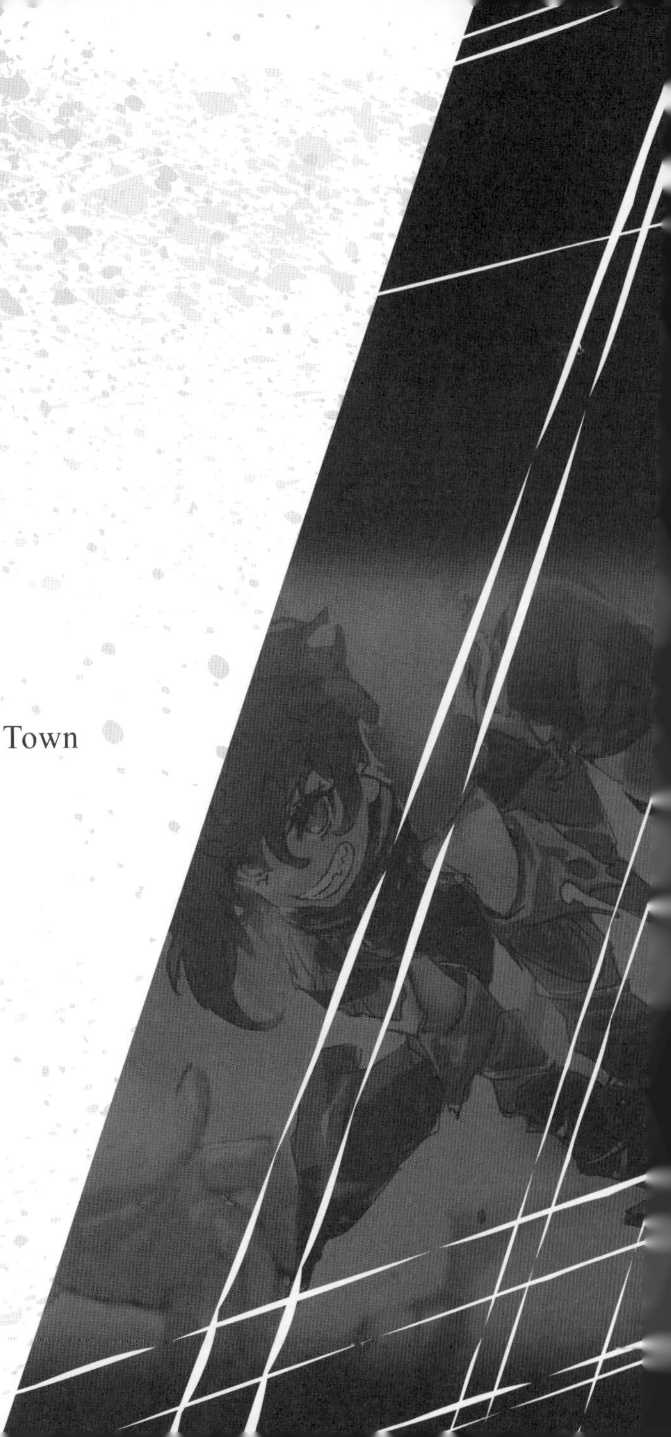

「無所謂。」伊亞瑪斯說。「這個目的以冒險來說足夠了。」

「杜爾迦酒館」。貝卡南一副膽顫心驚的模樣，不安的視線於空中游移。

她當然已經穿上衣服，但這個身材高大的女孩，引來了他人的注意。

她駝著背想把身體縮得小一點，此舉反而讓她更加顯眼。

酒館各個角落都有人在毫無顧忌地觀察她。

看到有陌生人在跟搬運屍體的黑杖伊亞瑪斯交談，對此心生好奇，應該也占了一部分的原因。

然而，或許是拜紅龍所賜，今晚的「杜爾迦酒館」聚集了比平常更多的冒險者。

若沒有逃過龍的法眼潛入迷宮的手段及膽量，無論如何都只能留在酒館。

這種人不管是善是惡……程度都不會好到哪去。

落在她身上的視線也大多不懷好意，就這方面來說，拉拉伽對她表示同情。

——她感覺當不了盜賊。

帶她（賈貝吉也順便）回到酒館的拉拉伽心不在焉地想。

在「斯凱魯」這座城市，要擔任什麼職位(Class)都可以。

與此同時，不會斟酌任何情況，將冒險者吞沒的就是「迷宮」。

試圖擔任不符合能力的職位，只會在沒有人知道的情況下消失。

連「杜爾迦酒館」都抵達不了。

拉拉伽逐漸意識到，連過去沒有才能（Bonus Point）的自己都稱得上像樣了。

至少他未來肯定不會於酒館滯留。

而他——倖存至今。未來暫且不提。

僅此而已。

「可是，我……那個。」

「幹麼啦，講清楚。」

拉拉伽板起臉。

這名女性大概比她年長——要是她比較小，拉拉伽肯定會瞠目結舌。

但他實在不想對她用敬語。

「啊嗚……」

畢竟她這副德行。

低著頭，看都不看這邊，只會在嘴裡嘟嘟囔囔。

跟剛才宣告「我要殺死那隻紅龍」的女孩判若兩人。

她不停用手指把玩艾妮貼心借給她穿的衣服的下襬。

不對，也像是在拚命拉長因為身高過高的關係，顯得特別短的衣服。

——都一樣啦。

拉拉伽不耐煩地咂嘴，賈貝吉叫著「ｙａｐ？」抬起頭。

帶拉拉伽和貝卡南這兩個手下回到酒館時，她的任務就完成了。

她得意地對伊亞瑪斯吠叫，坐到桌前，開始大口嚼食麥粥。

把臉埋進盤子狼吞虎嚥，如同一隻看到飼料的野狗，吃得杯盤狼藉。

她抬起頭，整張臉沾滿噴得到處都是的食物殘渣，叫了聲。

「ａｒｆ！」

「那個……」

貝卡南像在察言觀色似的，視線在伊亞瑪斯、拉拉伽、賈貝吉之間移動。

然後終於開口。

「我……只會用『小炎（哈利特）』。」

「我不介意。」伊亞瑪斯簡短、果斷地說。

「差別只有學會的時間，以及順序。最後誰都一樣。」

「你是……」她客氣、膽怯地輕聲詢問。「魔法師嗎？」

沒有回應。黑衣男子只是輕輕聳肩，沉默不語。

「而且——」

他簡短說道，代替回答。

「屠龍這種事，偶一為之也不壞。」

他的語氣輕描淡寫。

拉拉伽對帶著自己跑來跑去的這名可疑男子，投以懷疑的目光。

「你那個時候直接逃了耶……」

「因為當時沒理由殺牠，也沒有手段。」

答案簡潔易懂。

「但現在有理由了。至於手段，去找就行。」

拉拉伽瞪向伊亞瑪斯，手撐在圓桌上托著腮。

——真搞不懂這傢伙在想什麼……

賈貝吉也差不多，可是就吃飯這一點來說，她還滿好懂的。

伊亞瑪斯則不然。

這傢伙今天都在做什麼？

自己和賈貝吉去了寺院，與艾妮交談、舉行儀式，帶回這女孩。

這段期間——沒錯，這段期間，他一直待在酒館嗎？

跟其他冒險者不同，沒有大聲喧譁，沒有厭倦現在的狀況，氣定神閒。

什麼都沒做，只是默默坐在椅子上發呆？

拉拉伽隱約覺得自己的想法是對的。一股寒意竄過背脊。

「……你願意幫忙嗎？」

因此，他決定將注意力放在貝卡南戰戰兢兢提出的問題上。

思考伊亞瑪斯在做什麼也沒意義。最好別去想。大概。

「…………要是妳死得連屍體都不剩，我們可就虧大了。」

他噘起嘴巴，語氣帶刺，回了句再難聽不過的話。

說不定有部分是因為，他想讓她打退堂鼓，回到故鄉。

貝卡南卻面色凝重，陷入沉默，跟剛才的神情截然不同。

酒館的喧囂中，唯有他們和她們之間，籠罩著片刻的沉默。

賈貝吉吃完麥粥，用斗篷擦掉臉上的髒汙，滿足地叫了聲：「woof。」

「……憑我的魔法，是殺不了牠的……」

貝卡南瞥向伊亞瑪斯的黑杖。

「……劍做得到嗎？」

＊

「哇啊啊啊啊啊啊啊啊……!?」

「growl……howl!!」

——我不需要練劍吧。

貝卡南沒有心力講這種喪氣話。

被人毫不留情地揮著木劍追趕，自然無暇顧及其他。

陰暗的灰色天空下，傳遍荒涼原野的聲音，想必連附近的石牆都能穿過。

城外。「斯凱魯」和「迷宮」入口間的荒野。

又名冒險者訓練場。

化為廢墟的那個地方如今徒具虛名，沒有用繩子圍地，也沒有設置供人訓練的草靶。

然而，不代表不能訓練——此話出自伊亞瑪斯口中。

「ｗｏｏｆ！」

「嗚啊啊!?」

呼，呼。她發出以呼吸來說太過急促，如同喘息的聲音。

貝卡南無數次地詛咒自己沉重遲鈍的身體。

真希望她跟後面的女孩一樣纖細嬌小又可愛。

紅髮少女——揮舞木劍的少女，好像叫做廚餘（賈貝吉）。

——聽說有些習俗會幫小孩子取不會讓人羨慕的名字，以驅趕惡靈。

脖子上的粗糙項圈究竟是什麼……？

「ｂｏｗｗｏｗ！」

「哇、哇!?知道啦，我會跑……」

在那之後，伊亞瑪斯馬上帶貝卡南穿過城門，來到城外。

把她帶到這邊，將木劍扔給賈貝吉，丟下一句話。

『去。』

『yap！』

貝卡南無法理解他們是如何溝通的。

不過，結果就是賈貝吉雀躍地揮動木劍，追著貝卡南跑。

短衣的下襬暴露在外，穿著草鞋跑步令她非常難為情。

可是拖拖拉拉的話，木劍很快就會敲在她的背部、臀部、頭部上。

奇怪的是，她明明嘗過龍火的滋味，區區木劍打在身上卻痛得不得了。

一旦開始奔跑——剩下要做的就是拿出全力。

『貝卡，妳聽好。受到他人的幫助，就得想辦法報答人家。』

祖母說，這是世上的大原則。

她還沒有提供任何回報。無以回報。所以至少——

「arf！arf！」

「嗚……嗚！嗚咿咿咿……!!」

她現在只顧著拚命狂奔，沒有心思想那麼多就是了。

咚咚咚，噠噠噠。兩人發出巨大的聲響，繞著訓練場跑。

無所事事地呆站在原地的士兵忽然望向她們，「喔」了一聲。

拉拉伽坐到附近的石頭上，對士兵的咕噥聲置若罔聞。

「……做那種訓練有意義嗎？」

「不是徒勞。」

站在旁邊的伊亞瑪斯給予極其簡單的答案，他也差不多習慣了。

「把她當成戰士鍛鍊，可以提高體力及專注力……也就是存活力（Hit Points）。」

「是喔……」

「打不死的魔法師可是很恐怖的。」

拉拉伽心想，他很有感觸的樣子。意思是，伊亞瑪斯也做過那種訓練囉？

──伊亞瑪斯被教官追著，氣喘吁吁地奔跑？

這個笑話一點都不好笑。拉拉伽把手撐在大腿上托著腮。

「你就沒逼我訓練。」

「沒必要吧。」

「是沒錯……」

「你想嗎？」

「……」

拉拉伽沒有回答。

成為跟龍交手的英雄的自己。

光想像就令人心潮澎湃。他也會嚮往，覺得這樣很帥氣。他不討厭英雄傳說。最喜歡了。

但不知為何，在拉拉伽的夢想中，跟龍激戰的是瘦弱的紅髮少女。

「不。」拉拉伽搖頭。「那大概不是我想做的事。」

「那就好。」

「不過，我們是要去屠龍耶？」

「偶一為之還行。」

拉拉伽的意思是「跑步有用嗎？」卻沒有糾正伊亞瑪斯。

因為有一群冒險者，正手忙腳亂地從「迷宮」的入口處跑出來。

「可惡，我怎麼沒聽說……！那東西是什麼鬼!?」

「誰敢待在裡面啊!!那種地方怎麼會有龍……!?」

「這趟虧大了！」

嚷嚷個不停的那夥人全身被燻黑，還拖著幾坨焦掉的肉塊。

黑炭在地上拖出數條線，經過兩人旁邊，衝進「斯凱魯」。

拉拉伽愣愣地看著那道痕跡。伊亞瑪斯說：

「得整頓裝備。」

「她的嗎？」

「沒錯。」

「我們又沒錢。」

就算要借她錢，他們根本沒錢借人。

復活費本來也是不能讓人代墊的。

「寺院」沒那麼善良。全是多虧艾妮捐了大量的錢。

因為伊亞瑪斯——賈貝吉，或是拉拉伽，受到那名修女的喜愛。

因為艾妮琪修女相信他們會死得更有價值，看好他們的表現。

期待人人都有這麼好的心，未免太天真。

「有錢啊。」

伊亞瑪斯面無表情，低頭看著終於累倒在地、氣喘吁吁的女孩。

「有個地方有。」

*

「唷，這不是伊亞瑪斯大爺嗎？您回來得真快。」

在「酒館」迎接伊亞瑪斯的，是怎麼看都不像有錢的寒酸男人。

衣衫襤褸，跟跳蚤一樣嚴重駝背，外貌與乞丐無異。

不過，是個——奇妙的男人——矮小的年老男性。

最引人注目的，是晃來晃去的提燈(Lantern)和背在駝背上的大包袱。

包袱塞得鼓鼓的，搞不好比這個跳蚤男的身體還要大。

東西都盡量塞進這個包包裡了，所以這個跳蚤男(Dink)才會身穿破衣——

他給拉拉伽留下這樣的印象。矮人？還是圃人？看不出來。

在男人周圍聞來聞去的賈貝吉，不久後「ｙａｐ」叫了聲。

不曉得是失去興趣、判斷他沒有危險，還是心滿意足了。答案只有賈貝吉知道。

躲在拉拉伽後面的貝卡南見狀，總算探出頭。

高大的身軀當然藏不住，但不知為何，她總愛黏在拉拉伽背後。

是害怕、累了想找人撐住自己，還是有跟在別人後頭的習慣？

拉拉伽覺得——非常不自在。

「這個人……」貝卡南的聲音細若蚊鳴。「是誰呀……」

「班克。」

伊亞瑪斯只憑一句話介紹那個人，彷彿這樣就夠了。

「以後請多指教，少爺，小姐。」

班克像商人似地搓著手，咧嘴一笑。

沒錯，以商人來說，他比那位強盜貓店長更有模有樣。

拉拉伽覺得他實在不像冒險者。可是，既然在這座酒館——

「……大叔，你也是冒險者嗎？」

「嘿嘿……」班克依舊面帶笑容。「哎，差不多囉……」

班克緩慢放下導致他彎腰駝背的大包袱。

「咚」一聲，導致閉眼坐在椅子上、置身事外的賈貝吉稍微睜開眼睛。

「……woof！」

「噢，不好意思。對不起，小姐。那麼大爺——」

聽見她的抗議聲，班克依然不改輕浮的態度，滿布皺紋的面容露出扭曲的笑，把手放在包袱上。

接著眼珠子一轉，望向伊亞瑪斯。

「需要的是貨，還是錢？」

「需要的東西很多，目前是錢。」

伊亞瑪斯微微抬起下巴，指向恐懼不安的女孩。

貝卡南身體一顫，又躲回拉拉伽背後。上方傳來淡淡的汗味。

「我想湊齊她的裝備。給我足夠的金額就好。」

「嘿嘿，不直接買我這邊的貨？」

「你賣的東西都很貴，我負擔不起。」

「確實如此……」

班克頻頻點頭，在包袱裡摸索。

拉拉伽感覺到貝卡南揪緊他衣服的下襬。

拉拉伽開口提問，努力將注意力從那之上轉移開來。音調異常高亢。

「……這傢伙是什麼人？」

「我不是說了嗎？他叫班克。」

「那是名字吧。」

「沒錯。」伊亞瑪斯點頭肯定。「寄放物品、寄放金錢、出借物品、出借金錢。」

「……冒險者？」

伊亞瑪斯沒有回答。因為跳蚤男班克拿出了一袋金幣。

「這樣夠嗎？」

「嗯，夠了。」伊亞瑪斯將錢袋放在掌心，計算重量。「以後會還。」

「請在活著的時候還啊，大爺。」

班克面帶諂媚的笑容，不停搓手。

「最近因為紅龍的關係，我也有一些難處。」

——什麼難處？

除了跟冒險者交易，這男人跟「迷宮」有什麼關係嗎？

進過一次「迷宮」的人跟沒進過「迷宮」的人，確實有差。

周圍的——跟不久前離開時並無二異——冒險者。

或是拉拉伽自己。緊貼在他身後的貝卡南。

伊亞瑪斯跟賈貝吉自不用說——有某種差異。

不是經驗、技術那麼簡單的東西……

總而言之，他從這個名為班克的男人身上，感覺不到那個「差異」。

或許是因為這樣，拉拉伽之前才從來沒發現這男人的存在。

當然，他跟紅龍有什麼關係也——

「嘿嘿，我說的是會沒生意做啦，少爺。」

「唔。」

被看穿了。不對，是他的想法反映在臉上了嗎？拉拉伽臉頰抽搐。

「想寄放物品的人、有需要的人都減少了。所以伊亞瑪斯大爺也……」

「有需要的時候會來。這樣你還有意見嗎？」

「嘿嘿……」

班克露出討好的笑容，伊亞瑪斯喃喃說道：「如果曼夫雷提那傢伙在就好了。」

「認識的人？」

拉拉伽問，伊亞瑪斯的回答只有一句：「差不多。」

算了，不管這男人認識誰，事到如今他都不會驚訝。

「少爺和小姐有需要的時候，也請多多關照……」

「跟我講也沒用……」

我暫時不會有需要。話講到一半，拉拉伽想起抓著他袖子的大手。

肯定是無意間的行為。貝卡南用力扯了拉拉伽的袖子好幾下。

他輕聲咂嘴，甩開她的手將女孩拽到前面。

「哇……哇！」

貝卡南跌跌撞撞地摔向前。

拉拉伽簡短說道：

「有想說的話自己說。」

「呃……我，那個……」

她目光游移。看得出貝卡南的大眼在他、賈貝吉、伊亞瑪斯身上移動。

伊亞瑪斯什麼話都沒說。拉拉伽也是。貝卡南嚥下一口唾液。

「……謝謝？爺爺……」

「噢。」

班克的眼睛瞪得大大的，然後瞇成一條線。

「哎呀。」

＊

「……真不適合妳。」

「啊嗚……」

狀況瞬息萬變。對拉拉伽而言是如此，對貝卡南而言亦然。

他們不知不覺被帶到了強盜貓武器店。

不慌不亂的人，只有在店裡嗅來嗅去的賈貝吉。

當然還有伊亞瑪斯。

籌到錢的伊亞瑪斯，不由分說地帶領一行人前往武器店。

不，他表現出一副拉拉伽和貝卡南不跟來也無妨的態度。

擺滿各種武器的武器店深處，伊亞瑪斯冷靜地對坐在帳房的強盜貓說：

「胸甲、圓盾。還有頭盔。」

「武器呢？」

「已經有了。」

「那麼，差不多一百七十枚金幣吧。」

「一百……!?」

不能怪貝卡南這麼震驚。拉拉伽也尚未習慣。

這些錢不知道能在外界享樂多久。

剛才借錢的時候，她肯定沒想到會借到這麼多。

在金幣扔到帳房、貝卡南不知所措的期間，裝備一個接一個放在他們面前。

「穿上去。」

結果就是這樣。

「……真不適合。」

「嗚嗚嗚……」

胸甲裝備在跟薄布沒兩樣的短衣上，左手拿著用不習慣的盾牌，右手拿著法杖。

不像戰士。講好聽一點，像個新手僧侶。

這身裝扮，拉拉伽真的只能說「不適合」。

身穿破衣扛著大劍的賈貝吉，更像一名強大的戰士。

「……arf。」

而那個賈貝吉似乎閒得發慌，在店裡晃來晃去。

貝卡南的視線隨著四處走動的賈貝吉移動，嘴角揚起一抹淺笑。

看來貝卡南不討厭廚餘，理由拉拉伽並不明白。

明明數小時前，她才被賈貝吉拿木劍追著跑。

換成他，肯定會抱怨個一、兩句。

——搞不好只是太累了，腦袋轉不過來。

「要去殺龍嗎？」

「咦。」

強盜貓——雙目失明的精靈突然低聲說道。

對象不是伊亞瑪斯，不是賈貝吉，也不是拉拉伽。

「……我？」

高大的黑髮少女眨了下金眸。

「鑑定那把杖的人是我。」

強盜貓彷彿在說那就是答案，微微歪過頭。

「我以為妳是魔法師。不是嗎？」

「呃，那個，我……」

「是魔法師。」伊亞瑪斯說。「現在是戰士。」

「要鍛鍊她嗎？」

「你覺得不鍛鍊贏得了？」

「不覺得。」

年齡不明的精靈搖搖頭，宛如隨風搖曳的古樹。
「可是，憑那把武器啊。」
「……那個。」
開口的是貝卡南。
棍棒──硬木杖從拉拉伽頭上呼嘯而過。
「唔喔！」
要是他沒蹲下來，肯定會被打到頭。
然而，光發出聲音就是極限的女孩並未發現，探出身子。
對她來說是努力探出一點點。在旁人眼中則是猛然湊上前。
「有沒有殺得死龍的武器……？」
「殺得死龍的武器啊。」
面對這個問題，強盜貓興致缺缺地回答。
他停下雙手，視線卻沒有移動，不知道是不是在帳房後面做什麼工作。
「有是有。」
「真、真的嗎……!?」
貝卡南挺直背脊。
「因為任何武器都殺得死龍。」

貝卡南的背又駝了起來。強盜貓的口吻像在說斧頭是劈柴的工具。

「不過，硬要說的話……」

他的手托著下巴，沉默片刻。

「就是屠龍劍吧。」

「哼。」

拉拉伽聽見伊亞瑪斯發出微弱的哼氣聲，挑起一邊的眉毛。

剛剛那個——該不會是失笑之類的聲音吧？

這家店大白天的依然昏暗，再加上嘴角被斗篷的陰影罩住，看不清他的表情。

「……這不是唬人的吧？」

有必要笑嗎？被拉拉伽這麼一問，伊亞瑪斯只是輕輕聳肩。

「跟手裡劍比起來，可信度是比較高沒錯。」

「手裡劍？」

「一種飛刀。」

「那種東西到處都有吧。」

「沒錯，到處都有。真貨只有唯一的那一個。」

回答最後一個問題的人並非伊亞瑪斯，而是強盜貓。

這間武器店的主人，肯定不用看也知道什麼東西放在什麼地方。

精靈伸出纖細的手指指向某一點，動作俐落得令人如此心想。

「以迷宮的寶藏來說隨處可見。甚至那裡就有一把。」

強盜貓指向——用看不見的眼睛和手指——一個桶子。

各式各樣的劍插在其中，感覺相當隨便。

仔細一看，的確，裡面混有劍柄以龍形雕刻裝飾的劍。

殺龍的武器卻用龍裝飾，真是奇怪……

戰戰兢兢，緊張兮兮，客客氣氣，偷偷摸摸。

無論當事人怎麼想，貝卡南用十分遲緩的動作，探頭窺探那個桶子。

「我……可以拔出來看看嗎……？」

「隨便妳。」

貝卡南小心翼翼地伸出手，從桶中拔出那把劍。

沒有劍鞘，暴露在外的劍刃——散發著在昏暗的店內才看得出來的微光。

皎潔的光輝無疑是源自於魔力。拉拉伽曾經有機會近距離一睹風采。

——然而。

他察覺到異狀，定睛凝視，瞪著那把屠龍劍。

他當然無法區分——有資格陳列在這家店的——武器的優劣。

只不過，那個，該怎麼說。跟店裡數不清的其他武器比起來——

「……一般的劍？」

給他這種感覺。

等級不夠——程度不夠。

若這把劍是傳家寶劍還可以理解，但他實在不認為它是傳說中的武器。

貝卡南似乎也產生了這種難以表達的感想。

她隔著劍刃跟拉拉伽對上目光，急忙別過頭。

一束黑髮像尾巴般於空中彈跳。

「在『迷宮』裡面找到的屠龍劍，全都沒有幹勁。」

「大多都是這樣吧。」

伊亞瑪斯的語氣流露出懷念或好奇並不罕見，語帶不滿倒是挺難得的。

他彷彿要跟強盜貓抱怨，悶悶不樂地說：

「那些魔法師殺手（Mage Masher）從來沒派上用場過。」

「野獸殺手（Were Slayer）呢？」拉拉伽噘起嘴巴。「賽茲馬不是會用？」

「那是例外。」

「例外。」

「野獸殺手派得上用場。」

這麼一句話就能解釋嗎——話說回來，這句話的意思是。

「……你也用過野獸殺手？」

「誰知道呢。」

拉拉伽不覺得自己被敷衍了。他純粹是不記得吧。肯定。

「那……」

貝卡南盯著手中的屠龍劍。

「也有『真貨』囉……？」

「這裡沒有。」

「在哪裡……？」

「『迷宮』深處。」

強盜貓店長輕描淡寫地說。

也就是說——

「沒錯。」

跟猜謎一樣——笑著說出這句話的人，不曉得是伊亞瑪斯，還是強盜貓。

「想要殺死龍，必須先從龍旁邊經過，前往地下。」

＊

「那麼，出發吧。」

「喂。」

剛踏出武器店，拉拉伽就瞪向伊亞瑪斯。

逼人訓練，湊足金錢，整頓裝備。接下來要做的是？可以想像這男人會給出什麼答案。

「出發……你該不會要說出發去『迷宮』吧？」

「我正有此意。」

「喂。」

拉拉伽低聲抱怨。讓這傢伙做決定，真的會演變成這種事態，傷腦筋。

到頭來，這男人眼中就只有「迷宮」和除此之外的地方。

自己剛加入的時候也一樣。因此他猜測，這次八成也差不多。

「啊，嗚……」

拉拉伽認為貝卡南的臉頰已經超越白皙，到了面無血色的地步。

拿法杖做為支撐，才能勉強用雙腳站著。不能怪她嚇成這樣。

「ａｒｆ？」

「啊，嗯。我……沒問題。我可以……」

賈貝吉由下往上看著她，貝卡南回以虛弱的微笑。

進過一次「迷宮」的人跟沒進過「迷宮」的人之間，有著不可跨越的高牆。

這堵高牆，同樣存在於進過好幾次「迷宮」的人和經驗沒有那麼豐富的人之間。

何況是——經歷死亡，剛復活沒多久的人。

話雖如此——

——差異會這麼大嗎？

拉拉伽前陣子也看過剛復活的伊亞瑪斯。他若無其事。

自己又會如何？他沒有死過。死後有辦法復活嗎？復活後有辦法活動嗎？

拉拉伽想了一下，搖搖頭。我不會死。

「明天再去也行吧。『迷宮』和龍又不會跑。」

「唔。」

伊亞瑪斯用不帶情緒的雙眼環視站在路上的冒險者。

「那就回旅店吧。」

＊

如此這般，貝卡南終於得到休息的時間。

她吁出一口氣，坐到馬廄的稻草堆上。

伊亞瑪斯說這樣沒辦法讓身體好好休息，但她實在不好意思讓人繼續幫她出錢。

不過，復活費、裝備費、今天的餐費全是他們出的，現在才在不好意思，好像沒什麼意義。

而且——

——……這邊的空間比較大。

貝卡南懷著自虐的想法，微微揚起嘴角。

跟只能靠在繩子上、只能睡在如同棺材的木箱上比起來，稻草堆好多了。馬的氣味她在故鄉的時候也習慣了。貝卡南緩緩伸展四肢。

「……我以後會怎麼樣呢？」

她自言自語。自己隨波逐流，或者說像被水流沖走似地來到這個地方。本以為會受到奇怪的待遇，事實卻並非如此。

名為伊亞瑪斯的魔法師？不知道在想什麼。

紅髮少女賈貝吉，大概是個親切的人。不曉得是哪國人。

還有……那個男孩。拉拉伽又如何？是他幫我復活的。

自己為何會做出打倒紅龍這個愚蠢的宣言，她也不明白。

「唉……」

貝卡南深深嘆息，從稻草堆上坐起身。躺下來，坐起身。重複這個過程。

明天又要去「迷宮」了。那個不曉得通往何方的昏暗深淵。

閉上眼睛就會看見那片黑暗，紅色的火焰於眼底閃現。睜開眼，眼前是馬廄的天花板。

————雖然……很可怕。

神奇的是，她不打算逃避。明明收拾行囊逃離這座城市再簡單不過。

但她也沒有勇氣睡覺。貝卡南覺得自己很沒用，笑得五官都皺在一起。

——大概是這個劈里啪啦的聲音害的。

火花劈啪作響的聲音，是從掛在馬廄角落的提燈傳來的。

原來「斯凱魯」真的是不夜城。貝卡南誠心佩服。

畢竟晚上還這麼亮，在貝卡南的故鄉是不可能發生的事。

燃料乃珍貴的資源。蠟燭、油、動物的糞便亦然，鮮少拿來使用。

天黑就要睡覺，只要留意別讓爐子裡剩下的炭火熄滅。

因此，要跟祖母學魔法——

——真辛苦……

貝卡南窸窸窣窣地在稻草堆上抱住雙膝，換了個姿勢。

忽然一陣鼻酸。為什麼呢？不是想回家，或許是想看祖母的臉。

「……別哭……！」

貝卡南咕噥道。她拍打臉頰，陣陣發麻。

馬廄裡有許多其他冒險者。他們和她們沒有錢，也沒有接受治療。

動物的氣味、汗臭味、鐵鏽味。血與死與灰的氣味。還聽得見呻吟聲與啜泣聲。

豎起耳朵可以聽見，除了火花聲，這間馬廄還存在許多聲音。

「斯凱魯」肯定也一樣——還有「迷宮」。

——我應該也是其中一部分吧。

真神奇。故鄉和這裡的天空明明沒有差異。

「……喂，妳還醒著嗎？」

「哇……!?」

忽然有人呼喚她，貝卡南當場跳起來。

黑髮用力甩動，跟馬尾巴一樣撞倒稻草堆。

聽見稻草堆垮掉的聲音，高大的少女嚇得手忙腳亂。

因此，她晚了好幾秒才發現呼喚自己的是那位少年——拉拉伽。

在這之後她又發現，拉拉伽一直在默默等她恢復鎮定。

「啊，呃，那個，對不起……對不起，我，呃……」

「不用怕，冷靜點。」他尷尬地說：「我又不會吃了妳。」

「……嗯。」

貝卡南點點頭，拉拉伽說「我坐妳旁邊喔」，坐到稻草堆上。

——他幾歲呀？

身高不到她的肩膀。貝卡南望向他。跟她差不多大嗎？還是比她大？比她小？

貝卡南不太明白。

「太累反而會睡不著。」

「咦……？」

「我就覺得妳應該還沒睡。」拉拉伽由下往上看著她。「今天很累吧？」

「啊，嗯。」

貝卡南點頭如搗蒜，頭髮隨之躍動。

「我第一次跑那麼久……累得彷彿老了好幾歲……」

「伊亞瑪斯那傢伙超莫名其妙的，賈貝吉也差不多。」

拉拉伽的語氣既無奈，又帶著一絲笑意。

「那個，多久了……？」

「什麼東西？」

「那個，你們組成團隊……還有，當冒險者多久了。我……」

我都不知道。貝卡南咕噥著說。

總是這樣。不知道自己該說什麼，說出口後又立刻後悔。

一定又要被罵了。會被趕走——被趕走怎麼辦？

貝卡南閉上眼睛低下頭——什麼事都沒發生。

「…………？」

「嗯……不知道……沒多少時間吧？」

拉拉伽對待她的態度沒有改變，陷入沉思。

看起來並不介意貝卡南話講得不清不楚。

「其實，我也是在一團混亂的情況下跟他們組隊的。」

「是嗎……？」

「對，和妳差不多。不知不覺就被那傢伙……被抓進那個團隊。」

「哦……」

拉拉伽搓著鼻尖，慢慢聊起過去的冒險。

內容應該跟實情有所出入，是他刻意講得比較有趣吧。

不過，聽到三人突然被傳送到「迷宮」深處，一起探索，貝卡南大吃一驚。

拉拉伽說他們也有遇過龍，還打倒了牠。雖然是綠色的龍。

貝卡南輕聲說道「好厲害」，拉拉伽搖搖頭，很不好意思的樣子。

她卻是真心覺得「好厲害」。

而且他們還進到「迷宮」人跡未至的領域——隱藏的房間，真的好厲害。

可是，拉拉伽好像不太喜歡受到稱讚，她便將「……我覺得很厲害的說」這句話留在心裡。

聽到他開寶箱開到一半被賈貝吉踢，她忍不住笑出來——

「啊，呃，對不起……」

「……沒關係。」

她驚慌失措，啪噠啪噠地——咻咻咻地甩手道歉，拉拉伽雖然擺著一張臭臉，還是原諒了她。

他嘆了口氣。被來自下方的視線瞪視，貝卡南在稻草堆上挪動臀部。

「妳好像很寵廚餘……不對，很寵賈貝吉？」

「有嗎？」

「正常人都會怕吧。妳可是被她拿著木劍追耶。」

「唔……」貝卡南自認認真地思考著。「是嗎？」

「怎麼會問我。」

「因為，紅龍比她更可怕嘛。」

「要這樣說的話——」

「而且，我從那孩子身上感覺不到惡意。」

嗯。貝卡南點了下頭，頭髮大幅度地晃動。

沒錯。從那孩子身上，感覺不到「我要欺負這個人」之類的惡意。

感覺得出她樂在其中，可是該怎麼說，比較接近在跟她玩。

假如她享受於折磨她，貝卡南一定會拔腿就逃。

——嗯。

若問她為何不逃跑，原因大概就在於此。

他們幫自己出的錢，之後會討回來。不是無償的付出。

不過，並不會因此提出更多要求。

善或惡——不屬於其中的任何一方，貝卡南覺得有點輕鬆。

「…………好吧，是無所謂啦。」

拉拉伽側目瞄了眼貝卡南的笑容，吐出一口氣。

「……趁還沒忘記的時候給妳。明天妳八成又會忙起來。」

「啊……」

咚。看到扔在腿上的東西，貝卡南眨眨眼睛。

她看過。粗糙的雜物袋。她來到這個城市時攜帶的行李。

「妳運氣真好。明天肯定會被處理掉。」

貝卡南鬆了口氣，靜靜用手掌撫摸自己的袋子。

幸好放在旅館——更幸運的是，沒有被偷走。

想必是因為那東西不值得偷，即使如此，貝卡南還是很高興。

——我還不是一無所有。

「好好睡一覺，身心都會平靜下來……的樣子。」

「……嗯。」

是在為她著想嗎？是在擔心她嗎？

貝卡南看著留下這句話站起身的少年。

身高差那麼多，卻有種在仰望他的感覺。

「謝謝你，那個……拉拉伽，弟弟？」

「叫名字就好。」拉拉伽嘖了聲。「又不是小孩子，叫什麼弟弟。」

「……嗯，對不起。」

「不要動不動就道歉。」

他甩了下手，跟出現時一樣，一聲不響離開馬廄。

一陣風從外面吹來。夜風。來自永不沉睡的城市。

貝卡南將夜晚的空氣吸滿胸膛。奇妙的是，有種肺部變輕的感覺。

因此——他沒聽見也無妨——她在最後拋出一句話。

「……我會加油。」

明天——就要踏進「迷宮」了。

*

「斯凱魯」是永不沉睡的城市。

雖說因為紅龍的關係，混沌及頹廢的氛圍為它罩上淡淡的黑影，這並不代表光芒有所衰減。

然而，若要問這座城市是否沒有任何黑暗面，答案是否定的。

宛如迷宮的暗巷深處、被遺忘的酒館一角、地下水道，抑或「迷宮」之中。

正因為「斯凱魯」是一座城市，這種照不到光線的場所永遠不會消失。

他們，或者她們——那群人也是聚集在分不清是何處的黑暗中。

沒人會蠢到去追究身穿同樣的斗篷，用兜帽遮住臉的那些人的真實身分。

至少——外界是如此。

「……那麼，情況如何？」

「暫時沒有問題。」

其中一人摸著掛在脖子上的「護符（Amulet）」——不，是碎片（Shard）。

黑暗中亮起神祕美麗的微光。有人嚥下一口唾液。

「紅龍好不容易爬到上層。這個情報似乎也傳開了。」

「寄宿在『護符』中的力量……真是太驚人了。」

「畢竟是珍貴物品。」

那人將「護符」收進斗篷底下，像在防止被人搶走。

「竟然眼睜睜地讓那東西被……艾格姆那傢伙。」

「別說，人都死了。」

「就算他活著回來，八成也看不到隔天的太陽。」

明天就輪到自己。他們早已做好覺悟，從潛伏進黑影中的那一刻起。

不斷鑽研，在魔法的領域爬上頂點，甚至學會使用人智所不能及的妖術，是為了什麼？

為了達到這個境界所做的刻苦訓練，全都要為使命而用，不能有一絲吝惜。

那正是他們的驕傲。沒什麼好害羞的。只不過，只不過——

「儘管不想承認……那傢伙也為我們帶來了情報。」

「嗯。」一人用沙啞的聲音回答。「那個詛咒之子(Bastard)的力量嗎？」

「看來冒險者果真不尋常。」

而「迷宮」會輕而易舉將他們的心血全部踩在腳底。

流著低賤的血液，跟野狗沒兩樣的小ㄚ頭，只是拿著一把大劍亂揮，就超越了他們。

不對，不只那隻母狗。聚集在她周身，底細不清的那些無賴漢也是。

不值一提的小鬼。身分不明的魔法師。與那名魔法師是朋友的自由騎士。

「我從未瞧不起它過……但『迷宮』確實是駭人的存在。」

讓那些人誕生的，正是「迷宮」。

從迷宮生還的人，逐漸取得外地人無法觸及，傳說中的——如同神話英雄的力量。

會樂於挑戰魔境、魔窟、詛咒洞穴的人，肯定不正常。

「——所以才找了火龍。紅龍嗎？」

「正是。」

然而，他們覺得就算是傳說中的英雄，也無法抵抗那隻紅龍。

連「護符」都無法讓牠徹底服從，堪稱死亡本身的怪物。

可以的話，希望能把牠引到地面，但這個成果也算不錯了。

「那隻野獸被龍殺掉最好。即使沒有——」

「只要不能進入『迷宮』，她就不能再猖狂下去了嗎？」

「沒錯。」

無論如何都不會有損失。

非得採取這種手段固然令人不快，可是，他們不會猶豫。

計策、伏兵、陰謀、陷阱、暗殺……全是戰爭的常規。

卑鄙、卑劣，其他人愛怎麼說就怎麼說。因為敗者叫得再大聲都沒意義。

「爭取時間，乘隙而入。那東西是野獸，沒有聰明到能夠掌握我們的行動。」

「……不過。」

「怎麼了？」

開口的人沒有回答。

彷彿在害怕將那句話說出口。

彷彿說出口之後，那句話就會成真。

「萬一那丫頭殺了紅龍——」

「不可能。」

他的否定像在呻吟。或者說——

「……不可能。」

——像在祈禱。

第三章
Dragon Slayer

鏘啷，鏘啷。

金幣撞到石地板與石牆——看起來像是——的聲音響起，被吸入迷宮的黑暗中，消散不見。

拉拉伽拉扯釣線，收回掉在地板上的金幣，向前踏出一步。

賈貝吉打了個哈欠，貝卡南站在旁邊，手持杖和盾看著金幣。

在地面移動的視線爬到拉拉伽手上，於空中描繪出拋物線，再度落向地面。鏘啷。

「那、個……你在做什麼？」

「找陷阱。」

「yelp!?」

拉拉伽抓住想要衝出去的賈貝吉的後頸，回答她的問題。

這個紅髮少女一逮到機會就想衝進墓室，不知道是第幾次了。

幸好目前還只有在走道上行走——雖然貝卡南始終緊張兮兮的。

「不是有地圖嗎……？」

「有時候就算有地圖也會迷路。」

他咬牙切齒地說。貝卡南想像了一下，明明聽不懂這句話的意思，身體卻抖了一下。

——為什麼會發生那種事？

貝卡南完全無法想像。說不定拉拉伽也一樣。

「既然不知道會出什麼意外，只能把該做的事做好……」

矮小的男孩瞪向黑暗深處，貝卡南低頭看著他。

她隱約覺得，幸好他是盜賊。

現在貝卡南裝備的胸甲底下，是祖母為她縫製的那身裝束。

昨晚他帶給她的行囊中，少數可以用來替換的衣服——在她的故鄉，布料也是昂貴的資源。

——……跟著拉拉伽弟弟走吧。這樣就好。

「……唔。」

畢竟那名黑衣魔法師——黑杖的伊亞瑪斯待在三人後面。

他說——有三個前衛很輕鬆。

自己被當成前衛，令貝卡南焦慮不安。

——我又不好意思因為這樣就叫其他人到前面……

第一次探索時，待在第一個團隊時，她不太介意。

是因為當時她光是要做好魔法師該做的事，就忙不過來嗎？

貝卡南如此心想，心不在焉地望向拉拉伽手邊。

他在行囊裡摸索，抓出地圖，打開來確認現在位置及迷宮的構造。
似乎在比較地圖上的迷宮跟自己眼中的景色是否有差異。
帶頭偵察、查看地圖、繪製地圖。身為前衛，搞不好還要戰鬥。
——我來畫吧？
如果說得出這句話就好了，不過要她拿杖當武器戰鬥，實在是——
「喔，對。我忘了。」
「哇……!?」
始終沒有出聲的伊亞瑪斯忽然開口，貝卡南嚇得身體一顫。
「怎樣啦？」
「不是什麼重要的事，不過——」
拉拉伽面露疑惑，伊亞瑪斯緩慢搖頭。
在貝卡南眼中，這男人身處「迷宮」內部，卻毫不緊張。
放鬆得跟待在家裡一樣。貝卡南這麼認為。
悠閒地抬起下巴指向前方的動作，就是再好不過的證據。
「沒關係嗎？」
「……呃。」
拉拉伽回頭發現時，已經太遲了。

「ｗｏｏｆ……ｈｏｗｌ!!」

賈貝吉叫了聲，踢開墓室的門衝進去。

舉起大劍，興奮地消失在門後。

「那個白痴……！」

「哇……哇……！」

拉拉伽留下一句唾罵，狂奔而出，貝卡南慢吞吞地追上。伊亞瑪斯則從容不迫跟在後面。

賈貝吉衝進去的墓室，就貝卡南看來十分遼闊，空蕩蕩的。石牆與石頭地面。蒼白的死亡色彩。眼前是藍黑色的黑暗。她定睛凝視。冷汗從額頭滴落，她眨了下眼。

「ａｒｆ!!」

尖銳的叫聲伴隨金屬互相碰撞的清澈聲響傳來，火花炸裂。

貝卡南在閃爍的紅光中看見人影——穿著皮甲……

「冒、冒險者……!?」

「……不是!!」

「嗚……!?」

要是拉拉伽沒有警告她，貝卡南的腹部可能已經被剖開了。

敵人手持有缺口的生鏽長劍。她有穿胸甲，腹部卻毫無防備。

貝卡南尖叫著閃開——真令人驚訝——然而，對死亡的恐懼使她的精神力（Hit Point）大幅減少。

「為、為什麼……會有人……!?」

「不知道，之前也遇過!!」

「yap!!」

拉拉伽用反手拿著的短劍擋掉（Parry）攻擊，賈貝吉放聲咆哮，揮下大劍。

交戰聲響徹四方，貝卡南甚至有種天旋地轉的感覺。

——數量有多少……!?

她顫抖不已，努力站穩快要腿軟的雙腿。

至少在她面前就有一個。那人被貝卡南的身高嚇到，看到她的表情卻露出下流的笑容。

虛有其表，很好解決。她知道對方是這樣想的。貝卡南握緊法杖，舉起盾牌。

「嗚、嗚、嗚……啊……」

她只有一直被賈貝吉追著跑，根本不懂得如何使用武器和保護自己。

這東西其實是怪物吧，只是長得像人類。萬一他是強得嚇人的劍士怎麼辦？

我，我——

「是夜賊（Burglar）之流。不必害怕。」

伊亞瑪斯那輕鬆得像在閒聊的聲音，打斷貝卡南的思緒。

他的語氣冷靜、平淡到讓她過熱的腦袋冷卻下來，跟戰況形成強烈的反差。

「本來會在更裡面的地方偷偷摸摸地行動。大概是被火龍趕過來的。」

「喝啊啊……!!」

夜賊大吼一聲，撲向貝卡南，或許是在氣他瞧不起自己。

「哇啊……!?」

左臂傳來強烈的衝擊。反射性舉起的圓盾幫她擋住了劍。

貝卡南搖搖晃晃地退後數步，努力用發抖的手舉起法杖。

她會猶豫該不該對人類使用。這樣好嗎？可是。不過。

——胸甲好緊，好難集中注意力……

她別無他法。

「赫亞　萊——……」

「別用法術。」

來自身後的聲音敲在她背上。

貝卡南當場愣住——連自己現在的處境都忘了——回過頭，銳利的視線從斗篷底下射向她。

「用法術就沒意義了。」

「怎麼這樣!?那我──哇……!?」

強烈的衝擊再次竄過圓盾，左臂陣陣發麻。

即使如此，她仍未放開圓盾，純粹是因為盾牌用皮帶牢牢固定在她手上。

一擊，又一擊。每當受到衝擊，手臂都會麻痺、脫力，她拚命舉著快要放下來的盾牌。

肚子被剖開就沒命了。貝卡南滿腦子都在想這件事。

敵人的攻勢絲毫沒有減弱。喀鏘喀鏘的聲音逐漸消磨她的精神力。

周圍的聲音、景象，她全都感覺不到。拉拉伽在做什麼？賈貝吉呢？

尖銳的耳鳴聲於耳邊迴盪，視野狹窄得像在透過指縫視物。

「呼……嗚！咿！唔啊!?住、手……!?啊嗚!?」

被打中的明明是盾牌，她卻覺得頭暈目眩，彷彿頭部在遭受攻擊。

拿著盾也不是在用盾抵擋，比較接近躲在後面。

她已經連要用法杖都忘了，閉緊雙眼承受攻擊。

因此，她當然沒有發現。

「好痛!?」

小腿傳來的劇痛，導致貝卡南尖叫著倒在地上。

沒人知道先前的攻擊全是計畫好的，還是碰巧給他矇到。

夜賊屈身攻擊高大的她的下半身。

「嗚啊啊啊!?好痛……好痛……!?」

貝卡南痛得按住腳，倒在地上掙扎。鮮血慢慢從指縫間溢出。

——會死……!?

她用泛著淚光的雙眼望向伊亞瑪斯。希望他幫助自己。冰冷的雙眼和她四目相交。

伊亞瑪斯雙臂環胸，什麼都沒說——什麼都沒做。

下一刻，貝卡南的視野染上一片紅。

「Woof!!」

大劍伴隨威猛的吶喊揮下，像劈柴似地劈開夜賊的腦袋。

鮮血與腦漿迎頭澆下，貝卡南為腿部的痛楚呻吟著，愣愣地抬起頭。

是一名紅髮少女。她用斗篷擦掉臉頰上的血，將大劍扛在肩上。

清澈的藍眸有如深不見底的湖泊，目不轉睛地凝視她。

神奇的是，其中的光芒跟熊熊燃燒的火龍眼睛重疊在一起。

貝卡南覺得賈貝吉在這樣說。

——這傢伙沒問題嗎？

＊

單論結果，貝卡南履行了自己的職責。

吸引敵人，抵禦攻擊，不讓敵人跑去攻擊後衛，撐到最後。

在拉拉伽跟貝卡南防禦的期間，賈貝吉自由自在地揮舞大劍。

回過神時，戰鬥已然落幕。

「有三個前衛果然很輕鬆。」

伊亞瑪斯幫哭哭啼啼的貝卡南的腳踝塗抹止血藥膏，纏上繃帶，心滿意足。

他的動作真的跟機器一樣。

戰鬥結束後，他馬上從包袱裡拿出小瓶子，用裡面的液體在地上畫圓陣。

貝卡南啜泣著觀察圓陣，判斷它帶有魔法效果——

「……結界……？」

「沒錯。」

正是如此。

她用無助視線找到的拉拉伽則背對這邊，喀嚓喀嚓地跟寶箱奮鬥。

貝卡南看不見他的表情。

賈貝吉待在他旁邊。扛著大劍，一隻腳踩在寶箱上，得意洋洋的樣子。

不對，肯定是在拉拉伽著手開寶箱前，就把它踢飛了。

看著她的眼神沒有變化——不曉得是在地上的時候就這樣，還是剛剛才開始的。

——……希望……大家不要對我失望……

貝卡南發著呆心想。

探索的時候、戰鬥的時候、現在，三人的動作都非常熟練。

彷彿很清楚自己該做些什麼（伊亞瑪斯一動也不動就是了）。

而她混在裡面，只會手忙腳亂，什麼都做不好。

愧疚、悲傷、不安、腿部的疼痛、恐懼。各種情緒在腦海打轉。

所以，她沒有發現伊亞瑪斯走掉了，也沒發現賈貝吉往這邊走過來。

「woof！」

聽見她的叫聲，貝卡南抬起頭，看見賈貝吉在對伊亞瑪斯伸出手掌。

伊亞瑪斯默默從行囊裡取出疑似肉乾的東西，遞給賈貝吉。

貝卡南愣愣地注視這個過程。肉乾小步接近她。

「yap。」

眼前是撕成兩半的肉乾的其中一半。

「……那個……」

「ｙａｐ!!」

賈貝吉用力把肉乾塞過來，不如說是按在她的臉頰上。

貝卡南不知所措，目光游移，提心吊膽地接過肉乾。

「啊，嗯，呃……」貝卡南臉上漾起笑容。「……謝謝妳……？」

「ａｒｆ。」

賈貝吉點頭表示「這樣就對了」，坐到貝卡南旁邊。

發出咀嚼聲，狼吞虎嚥起來。

貝卡南看了一會兒，下定決心，跟著嚼起肉乾。

好鹹。

「要怎麼辦？」

「什麼怎麼辦？」

拉拉伽的聲音參雜在喀嚓喀嚓的開鎖聲中傳來。

他沒在看這邊。回問他的伊亞瑪斯也沒有特別去看拉拉伽。

「龍啊。」貝卡南嚇了一跳。「得想點辦法吧？」

「什麼辦法？」

「我在問你有沒有辦法繞過牠啦。」

「……喔。」伊亞瑪斯一副掃興的態度。「這點小事啊。」

——這點小事!?

貝卡南含著肉乾，錯愕地望向伊亞瑪斯。

這點小事。講得多麼輕鬆啊。

這名黑衣魔法師講得像自己有辦法處理龍的樣子。

貝卡南下意識吞了口口水，鹹味經由喉嚨落進胃袋。

「祈禱。」

「……什麼？」

隨空氣漏出的，是拉拉伽的嘟囔聲，還是貝卡南的聲音？賈貝吉完全不關心。

「只能靠祈禱。祈禱不要遇到牠。祈禱自己逃得掉。然後前進。」

僅此而已。伊亞瑪斯若無其事地說。

「ｗｏｏｆ。」

聽見賈貝吉的呼喚，他默默扔出水袋。

紅髮少女用雙手接過，不顧形象大口灌水，喝得都從嘴裡滴出來了。

她用袖子擦拭嘴角，叫了聲。

「ｙａｐ！」

「那個……」

水袋內部傳出水聲，在貝卡南眼前搖晃。

她心驚膽顫地接過，賈貝吉彷彿在說「真拿妳沒辦法」，吠道：

「arf。」

貝卡南拿著塞子都還沒拴上的水袋，猶豫了一陣子。雖然這種事根本用不著猶豫。

她輕輕含住水袋，小口喝著。

——好喝。

「……好，打開了！」

「woof！」

剛鬆一口氣，賈貝吉就拔足狂奔，踢飛寶箱。

「妳喔!?」

蓋子「叩」一聲掉下來，拉拉伽朝她怒吼。

貝卡南——只是在旁邊看著。

不知為何，內心的鬱悶似乎舒緩了一些。

問題在於……

——我的祈禱會有效嗎？

＊

幸好祈禱是有效的，可惜願望並未實現。

「……沒找到劍呢。」

「花了那麼大的工夫，只有一個戒指。」

拉拉伽將金色戒指拿在手中把玩，帶領一行人前進，連硫磺味都沒聞到。

前往連接地下深處的階梯的漫長路途中，他們遇到的阻礙只有墓室的守護者。

除了剛開始那群夜賊，幾乎都由賈貝吉輕鬆擊退。

對於走路無力，像個腿部退化的老人的貝卡南來說實屬幸運。

「……戒指很厲害的。」

如今終於出現自己熟悉的話題，她自然會打開話匣子。

「啥？」拉拉伽回頭時，她才終於意識到自己說了什麼，閉上嘴巴。

她不想說錯話，被大家貼上愛亂講話的標籤。

「……對喔，我之前也聽說過。莫拉丁……先生說的。」

貝卡南沒聽過這個名字。這也沒辦法，畢竟她認識的人屈指可數。

因此她並不驚訝。

「怎麼個厲害法？」

「咦？」

「戒指。」

「啊，嗯、嗯。」

貝卡南驚訝的是，他回問了自己。

——可以說嗎？

她瞥向身後。伊亞瑪斯還是老樣子，搞不懂他在想什麼。

賈貝吉不斷向前走去，完全不怕黑暗的迷宮。

——……那。

貝卡南輕聲說道：

「有的受過詛咒，有的裡面寄宿著魔力，能讓持有者使用法術……」

「不是魔法師也能用嗎？」

「嗯、嗯。對呀……」

「……原來是那個戒指。」

拉拉伽咕噥道。貝卡南面露疑惑，他壓低音量。

「那傢伙有個『寶石戒指』……可以偵測位置。」

「很厲害耶……！」

貝卡南興奮地大叫，急忙掩住嘴巴。

因為，那真的是魔法道具吧？迷宮裡果然有那種東西。

——既然如此，屠龍的……

魔劍說不定也會有。真正的屠龍劍……

不過貝卡南根本無法想像自己用魔劍屠龍的樣子。

「那這個戒指也有同樣的力量嗎？」

「不知道耶……」

貝卡南回以尷尬的笑容。在她眼裡，那只是個平凡無奇的金戒指。

昏暗的迷宮中，刻在戒指上的某種圖案，於微光的照耀下搖晃。

應該是因為影子在動，才讓人產生這個錯覺。體格強壯的豪傑——不對，有牙齒。這是——

——巨魔嗎？

「妳要嗎？」

「咦？」

「戒指。」

「咦，啊，那個……給我好嗎？」

有什麼好不好的？她自己也搞不清楚這個問題有何意義。

在她猶豫的期間，拉拉伽用手指將金環彈飛。貝卡南連忙伸出雙手抓住。

「我工作要用手，戴戒指不方便。」

少年給了一個聽起來像藉口的理由，擺動手指給她看。

貝卡南努力思考，想講點好聽話，開口說道：

「……嗯。」

結果，她只嘀咕了這麼一句話，握緊戒指。

她輕輕將其戴到食指上，戒指便滑了進去，尺寸分毫不差。

戴上去後她才覺得自己有點戒心不足。

「如果妳覺得生命力在被吸走，代表中大獎了。」

伊亞瑪斯說。她錯愕地回過頭，兜帽底下是陰沉的笑容。

「『死亡戒指』很值錢。」

「啊、哈、哈哈……」

——他在開玩笑，嗎？

貝卡南只是以乾笑回應。

拉拉伽停下腳步，賈貝吉叫了聲：「ａｒｆ。」

一行人面前的地板上，開著一個大洞。

下一層————近在眼前。

＊

迷宮中的景色毫無變化，空氣卻有些許不同。

走下樓梯——看起來是樓梯——後，冰冷的氣息令貝卡南瑟瑟發抖。

她害怕地左右張望，卻看不出個所以然來，用雙手握緊法杖及圓盾。

「……會出現什麼東西嗎……？」

「不知道……」

如同輕聲細語的聲音，回應了她的咕噥聲。

她沒有期待得到答案，但有人願意回答自己，她很高興。

拉拉伽就陪在她旁邊，另一側是在嗅來嗅去的賈貝吉。

假如真的出現某種可怕的生物，她肯定會飛撲過去。

貝卡南不明白這種心情是什麼，她認為應該類似於安心感。

「伊亞瑪斯……你知道些什麼嗎？」

「或許知道，但我不記得。」

這個答案簡直像在瞧不起她。貝卡南垂下眉梢。

不過，她偷看了伊亞瑪斯一眼，他的表情再嚴肅不過。

「而且，最好不要參考現在的狀況。畢竟狀況並不尋常。」

「……我也無法想像尋常的『迷宮』是什麼樣子。」

「確實。」

哈哈。伊亞瑪斯以輕笑回應拉拉伽的嘲諷，長靴踩在地上。

「不過，有某種法則。相信有。就是這樣。」

「『祈禱』對吧。」

「對。」

拉拉伽聞言，死心地將金幣扔向黑暗深處。

扔出去——然後就沒有反應了。沒聽見聲音。

「……」

拉拉伽靜靜蹲低。賈貝吉壓低姿勢進入備戰狀態，喉間發出低吼。

「咦，啊……？」

貝卡南反應慢了一拍，緩慢舉起法杖及盾牌。

沒有聲音的意思是——

——前面有什麼東西……！

或者是，有什麼生物。

反手拿著短劍的拉拉伽輕輕收回釣線。釣線拉得緊緊的。

「被抓住了嗎？」貝卡南說。「還是勾到了……」

「……看來都不是。」

「spiiiit……!!」

賈貝吉發出嘶嘶聲。扛著大劍，扭緊身軀，彷彿要拉開背脊。

——是生物……？

害怕歸害怕，貝卡南依然努力觀察黑暗深處。看不見。

但聽得見某種生物在四處爬行——刺耳的窸窣聲……

「噢。」伊亞瑪斯喃喃說道。「原來如此，是牠們的巢穴。」

——牠們？

她還沒開口，答案就從迷宮的暗處湧現。

巨大的————蜘蛛群（Al-Ankabut）。

「哇啊啊啊……!?」

人類與蜘蛛的差異，果然在於蜘蛛不是人類。

貝卡南瘋狂揮動法杖，腦內唯一冷靜的角落浮現這個想法。

口器敲得喀嚓喀嚓響，動著長滿細毛的八隻腳蜂擁而至的蜘蛛、蜘蛛、蜘蛛。

「哇!!哇啊啊啊啊!!!?」

貝卡南陷入半恐慌狀態，左右揮動法杖。

打斷長腳，敲爛長著八顆眼珠子的頭部，沐浴在蜘蛛的體液中，發出窩囊的尖叫聲。

她對蜘蛛的嫌惡感並未消失，反而害怕到了極點。所以她才只能拚命揮杖。

「該死，這些東西還是老樣子，多到不行……!!」

「Ｂｏｗ……!!」

拉拉伽的短劍在身旁揮下，賈貝吉的大劍發出一如往常的呼嘯聲。

紅髮少女跳進蜘蛛群正中央，看到怪物就是一陣亂砍。

或者——用「與劍共舞」來形容更加貼切。

利用巨大劍刃的重量及速度，使出強力的攻擊，在身體在因為反作用力而彈開的瞬間，順勢往另一個方向揮劍。

重複這個過程。以結果來說，她的戰鬥看起來就像一場舞蹈，於戰場上四處起舞。

貝卡南從未聽說過西方有這種流派，在她的故鄉東方也前所未聞。

肯定是自己的流派——事後她才有那個餘裕分析。

此時此刻，貝卡南滿腦子都想著要存活下來、不能讓蜘蛛靠近、要消滅蜘蛛。

「妳的腳還好吧……!?」

「我、我、我……」聲音分岔了。「不知……道!!」

她一面瘋狂揮杖，一面哭喊著回答拉拉伽。

其實，腿部的疼痛她已經感覺不太到了。熱熱的，沒有感覺。

拉拉伽見狀，嘖了一聲。

「ａｌｆ!!」

看到意氣風發、恣意妄為的賈貝吉，又嘖了一聲。

「喂，伊亞瑪斯!?該怎麼辦……!」

「我們是在進入墓室前遭受襲擊的。是遊蕩怪物（Wandering Monster）。就算身上有東西，頂多也只是金幣那一類。」

「我不是在講那個……!」

「該直接解決頭目。往裡面衝，到墓室去。」

「頭目!?」

「大隻的。」

「這些就夠大了……!」

貝卡南發出虛弱的抗議。

「不是大（Huge）。是巨大（Giant）。」

伊亞瑪斯發號施令。他抓住掛在腰間的黑杖。

「我來殿後。你們跟著賈貝吉，那傢伙直覺很敏銳。」

「啊啊，可惡……!」拉拉伽罵道。「牠們在這跑來跑去，應該沒有陷阱吧……！」

走囉。他望向這邊。貝卡南點點頭，邁向前方，連滾帶爬地。

「woof！——Grooooowl!!」

路標是來自前方的咆哮，以及滿地都是的蜘蛛屍體。

她踩穩腳步，以免草鞋被黏滑的體液黏住，追向矮小的少年。

「妳白痴喔，賈貝吉！廚餘！我們跟不上啦！給我跑慢點！」

「yalp!!」

——叫我們快一點，嗎？

剛才的叫聲跟戰鬥時有點不同。貝卡南笑了笑。

「那個人，」她氣喘吁吁。「伊亞瑪斯，不要緊嗎……？」

「那傢伙不會有事的……！」拉拉伽也笑了。語氣彷彿在罵人。「大概！」

＊

——有三個前衛果然很輕鬆。

伊亞瑪斯感覺到所有的蜘蛛從背後逼近，微微一笑。

除非有特殊的目的或原因，否則單獨行動這種事，傻子才會做。

能做的事增加了。變得有多餘的心力。最理想的是湊到六個人，但現在四人便足矣。

伊亞瑪斯像散步似地於「迷宮」內大步前行，卻沒有放鬆戒備。

何時會在何處發生何事導致何種死法，無人能知。

準備與戒備，鍛鍊與裝備，倘若滿足一切的條件就能保障安全，哪稱得上「迷宮」？

事實上，就會發生這種事。

蜘蛛的巢穴——確實有樓層會出現大量的蜘蛛，不過真沒想到會這麼多。

這令伊亞瑪斯揚起嘴角。真是太有趣了。

——話雖如此。

喀喀喀地敲著牙齒逼近的蜘蛛群，是大蜘蛛（Huge Spider）。

被這種程度的怪物拖延住，消耗體力，一點都不有趣。

他雖然不害怕死亡，死也要看時機。

伊亞瑪斯打開腦中的魔法書。可以用「睡眠（卡堤諾）」，可是對蜘蛛有效嗎？

還可以選擇比較保險的「黑暗（迪魯特）」，不過偶爾表現得像個**魔法師**也不錯。

伊亞瑪斯的長靴在石板路上發出摩擦聲。他掀起斗篷，面向蜘蛛群。

真的源源不絕。這種時候該選擇的法術就那一、兩種。

伊亞瑪斯單手結起法印，真言自微微張開的口中傳出。

他感覺到貝卡南在身後轉過了頭。凝聚的魔力——以及些微的寒氣。

法術無分優劣，但這個法術兩句真言即可發動，伊亞瑪斯相當中意。

可惜它是如今已被人遺忘的法術之一。意義簡潔明瞭。

「『達魯阿利夫拉（冰之）　塔桑梅（暴風啊）』!!」

下一刻，致命的「暴風雪（達魯特）」掃過迷宮的走廊。

外界已無人使用，第四階段的大魔法之一。

伊亞瑪斯召喚的嚴寒地獄，瞬間吞沒蜘蛛群。

不只是冰冷的寒氣。狂風中還挾帶著冰雪，撕裂牠們的外殼。

伊亞瑪斯背對著真的揚起一陣煙霧，一溜煙地逃走的怪物們，飛奔而出。

「用『致死（馬卡尼托）』太大材小用了……」

沒錯。如果連續使用強大、強力的魔法即可解決問題，這裡就不叫「迷宮」了。

對。因此。他，他們，冒險者——……

——才會相信自己殺得了持有「護符（Amulet）」的大魔導士，挑戰迷宮不是嗎？

＊

「Wooooooof！！！！」

賈貝吉得意地踢開被蜘蛛網覆蓋的門，拉拉伽和貝卡南跟在後面。

「真是夠了，這傢伙搞什麼啊……」

拉拉伽埋怨道，貝卡南只有露出苦笑。

並不是習慣了。被蜘蛛的體液淋了滿身，各種感覺都會麻痺。

——我之前也遇過這種慘事……

如今回想起來，或許是多虧那隻青蛙的唾液，屍體才沒有整具燒光。

然而，貝卡南的膽量並沒有大到會為此感到喜悅。

——……好厲害。

伊亞瑪斯引發的那陣暴風雪，不知道是哪種法術。

難怪受過祖母訓練的自己終於習得的祕奧法術，會被人當成「小炎（哈利特）」看待。

外界的極限——外界的頂點，在這裡僅僅是第一階段的初步。

總有一天，自己也能使用那種魔法嗎？能成為那樣的魔法師嗎？

貝卡南完全無法想像。

「……ａｌｆ……」

「……前面有隻大蜘蛛。」

「我看不見……有嗎……？」

貝卡南小心翼翼在墓室中行走，拉拉伽配合她的步調走在旁邊。

賈貝吉也動著鼻子放慢速度，分不清是在戒備看不見的威脅，還是跑累了。

三人自然而然組成圓陣——要稱之為圓陣還太過鬆散——固守三方的陣形，邁步而出。

背後有其他人在，令貝卡南感到放心。

儘管跟潛伏在墓室暗處的某種生物異常的魄力比起來，實在微不足道。

「……!?」

是誰的驚呼？不是貝卡南。她連聲音都發不出。

她的視線前方，是遠比剛才遇到的個體都還要大的蜘蛛頭部。

散發凶光的八顆眼珠子，如今黯淡無光，牙齒一動也不動，少了頭部以下的部位。

死了，明顯沒有生命。君臨其上的——是一隻怪物。

「噢，果然。」

伊亞瑪斯踏著緩慢的步伐，終於站到墓室入口。

「光憑『致死』果然處理不了。」

那是一隻——目測高達十六呎（五公尺）的巨大——

「Ｈｉｓｓｓｓｓｓｓｓｓｓｓ……!!」

巨大螳螂（Giant Mantis）。

＊

「————Eek!?」

貝卡南頭一次看見賈貝吉叫了聲向後跳，也是頭一次聽見。

她在千鈞一髮之際，閃過伴隨銳利破空聲揮下的捕獲肢——前肢——鐮刀。

賈貝吉留下數根於空中飄散的紅髮，和敵人拉開距離，將大劍扛在肩上。

「Grrrr……!!」

——好厲害。

看到那驚訝卻毫不畏懼的模樣，貝卡南眨眨眼睛。

「別愣在那邊，動起來！小心沒命!!」

「啊，嗯、嗯……!!」

拉拉伽吶喊道。轉頭一看，他也已經在墓室中奔跑。貝卡南磨磨蹭蹭地開始行動。

正面是賈貝吉，拉拉伽從右邊繞過去。那我呢——左邊？

「繃緊神經。『睡眠（卡堤諾）』、『暴風雪（達魯特）』、『致死（馬卡尼托）』對大螳螂都沒用。」

後方，伊亞瑪斯擋在墓室入口，謹慎地觀察戰場。

拉拉伽高速奔跑，閃避螳螂左右移動的視線，咆哮道：

「要怎麼做!?」

「要怎麼做呢。」伊亞瑪斯笑了。

「如果連這傢伙都贏不了，談何打倒紅龍。」

──是沒錯……！

對貝卡南而言，那隻火龍、這隻大螳螂，全是天上的怪物。

明明被禁止使用，她還是忍不住唸咒，可惜唸到一半就被打斷了。

「赫亞　萊──嗚啊……!?」

螳螂踢了她一腳，彷彿在嫌她礙事。

貝卡南像顆球似地在地面彈跳，吐光肺裡的空氣。

若沒有胸甲的保護，胸骨肯定會碎光。

「沒事吧……!?」

「啊、嗚、嗚……嗚……嗚嗚……」

講不出話。不過，她慢吞吞地坐起來。站起來。拿法杖當支撐，站穩腳步。

老實說，真想繼續倒在地上。縮起身子，無視一切，蹲在原地不動。

不過這麼做的話，等待她的無疑是死亡。這次恐怕會再也回不來。

看到貝卡南啜泣著站起身，拉拉伽沒有再多說什麼。

他也有重要的工作要做。將敵人的注意力從賈貝吉身上引開的重責大任。

「ｙｅｌｐ……!!」

螳螂的眼睛瞪向貝卡南——她派上用場了——另一隻眼睛瞪著拉拉伽。

緊接著，賈貝吉大吼一聲跳起來，大劍畫出巨大的圓弧橫掃敵人。

「……woof!?」

大螳螂卻蹬地一躍，展開翅膀，迅速飛到空中。

貝卡南喘著氣，咬牙切齒地仰望天花板。

「……為什麼，墓室……這麼——大啦……!!」

螳螂的另一側，拉拉伽應該也跟賈貝吉差不多，在用短劍防禦。

賈貝吉在找機會再次跳起來，用大劍攻擊。

自己該做什麼？能做到什麼？該怎麼做？我，我——

「既然如此，」默默旁觀的黑杖魔法師低聲說道。「就用這招。」

他單手結起法印，貝卡南感覺到魔力於墓室凝聚。具有真實力量的話語，真言。

「『密姆桑梅雷（恐懼啊）　萊辛（來吧）』……！」

——「恐懼（莫利斯）」。貝卡南也聽過這個法術。

意思是，在「迷宮」裡面，它也稱不上多厲害的咒文嗎？還是我誤會了？

不過，效果十分顯著。

大螳螂究竟看見什麼、害怕什麼、是否陷入了恐懼，旁人不得而知。

可是，這隻綠色怪物，割去萬物的黑影突然張開翅膀，高舉雙手的鐮刀威嚇。
為了驅趕敵人。為了讓自己顯得更加強大。在這個地方沒有任何意義的行為。
「Grooowl!!」
賈貝吉不可能放過這個機會。
「快點啦……！」
拉拉伽迅速拿著短劍從旁邊跑過去，支援撲向大螳螂的她。
「……啊、哇啊啊啊啊啊啊——！！！！」
動作慢了一拍的貝卡南也努力舉起法杖，衝向前方。
她使勁揮動用一隻手拿著的法杖。
由於她從未學習過要如何戰鬥，看起來跟幼童在揮舞木棒一樣。
然而——伊亞瑪斯說過，「這樣就夠了」。
在這座「迷宮」中，外地的英雄也好，村裡的年輕人也罷，全都只是最底層的弱者。
在「迷宮」裡跟怪物戰鬥的方式，也只能透過在「迷宮」跟怪物戰鬥來學習。
當然，每個人都有擅長和不擅長的領域——貝卡南覺得自己並不擅長。
「哇……！哇啊啊啊啊——!!」
儘管她怕得哭出來了，儘管她只會揮動法杖，還是能吸引怪物的注意力。

她尖叫著舉起盾牌，擋住迎頭揮下的鐮刀，被四處甩動的螳螂腳踢倒。

即使如此，她還是覺得自己必須做些什麼。貝卡南將腿傷和一切全拋到腦後，哇哇大叫。

既然自己只能做到這點小事，就該把「這點小事」做好。

直到最後，貝卡南都不知道自己做得到什麼、能派上多少用場。

只知道一件事。

「ｗｏｏｆ……!!」

在她顧著亂揮杖的期間，賈貝吉一劍劈開了螳螂頭。

＊

「ａｌｆ!!」

「就叫妳別踢了……!?要是我手滑害寶箱爆炸怎麼辦!?」

拉拉伽對踢飛寶箱、挺起平坦胸膛的賈貝吉怒吼。

貝卡南心想「剛剛也看過同樣的畫面」，臉上始終掛著尷尬的笑容。

——到頭來。

到頭來，戰鬥結束後，就是固定的流程。

步驟顯而易見。設置結界，戒備周遭，開啟寶箱。

將整個團隊的生死寄託在盜賊身上的孤獨戰鬥。

正因如此，其他人才不會，也不該做異於往常的行為——吧。大概。

她試著幫忙找理由，可是踢飛寶箱真的沒問題嗎？

——賈貝吉妹妹……是不是只是想炫耀？

她猜測，賈貝吉肯定沒有想太多。

贏了。找到了。怎麼樣。她感覺就只是這樣想。

思及此，她和賈貝吉清澈的藍眸四目相交。貝卡南抖了一下。

「Ａｈｅｍ！」

「不要踢啦……！」

看這邊，踢一下寶箱，看到沒？像我這樣做，懂了嗎？

貝卡南覺得她在這樣說，仍舊以尷尬的笑容回應。

說不定——是自己想太多了。

他們並沒有多注意她。

卻比想像中更關心她。

——什麼嘛。

或許只是我自己在那邊窮忙。

她覺得肩上的重擔輕了一些。

腳上的傷口又開始發疼，痛得她面容扭曲。

於胸口燃起的某種熱度，似乎一轉眼就冷卻下來了。她沮喪地蹲下。

「就是這樣。」

伊亞瑪斯在墓地的地上畫好結界，站到貝卡南旁邊。

她抬起頭，看不見他的臉。自己在其他人眼中，肯定也是這個樣子。

伊亞瑪斯卻隨意地在她身旁坐下。

視線交會——他還是老樣子，看不出情緒的臉上掛著殘酷的笑容。

「新手戰士……冒險者能做到的事不多，也不太會受到期待。」

「……不只是我？」

「沒錯。」他點頭。「不管是誰，第一次進入迷宮的人都差不多。」

「這樣呀。」

「活下來就不一樣了。」

伊亞瑪斯斷言道。貝卡南沉默不語，跟著他看過去。

背對著這邊調查寶箱的少年，以及在旁邊繞圈的紅髮少女。

「活下來一次就會變強，下次也是，再下次也是。如此反覆，就會受到期待。」

「……我也是嗎？」

「或許吧。」

這個你就不斷言了。貝卡南沒有把這句話說出口，微微噘起嘴巴。

「我不會逼人不准哭喊自己做不到。只要不半途而廢就好。」

伊亞瑪斯——黑杖魔法師，冒險者前輩說，那是很偉大的精神。

然後用同一張嘴對拉拉伽說：

「打不開就放棄吧。很危險。」

「吵死了，我開給你看……！」

這段對話令貝卡南忍不住笑出來。

雖然真的只是輕微的笑聲。

上次笑出聲是什麼時候？

她自己也想不起來。

「……我可以去看看嗎？」

「可以。」伊亞瑪斯點頭。「隨便妳。」

「嗯。」

貝卡南坐起身。

「那我走了。」

她站了起來，事到如今才發現一隻腳在痛。

貝卡南留意著不要破壞聖水法陣，一拐一拐地走到寶箱旁邊。

拉拉伽抬起一邊的視線。

「妳可以坐著休息。」

「沒關係。」貝卡南有如一個倔強的孩童。「……打得開嗎？」

「總會有辦法。」

拉拉伽簡短回答，視線立刻移回寶箱上面。

貝卡南完全看不出他在做什麼。

她蹲下來把手撐在大腿上，托著腮，觀察拉拉伽的手。

他將好幾根纖細的探針、形似薄刀片的銼刀及鉤棒插入鎖孔擺弄。

她當然知道這麼做的目的是要解除陷阱，開鎖打開寶箱。

只不過，他是怎麼做到的——貝卡南毫無頭緒。

不久後，寶箱的鎖「喀嚓」一聲解除——

「跟魔法一樣……」

「由妳講這句話挺有趣的。」

「因為，我又不會用魔法做這種事。」

「是喔。」

拉拉伽板起臉簡短回應，將手伸向寶箱的蓋子——

「ｙａｐ!!」

「我就知道……！」

賈貝吉從旁踢飛寶箱，蓋子發出聲響掉在地上。

紅髮少女無視拉拉伽的抗議，探頭窺探寶箱的內容物，兀自點頭。

然後便失去興趣，小步跑走——跑到伊亞瑪斯身邊。

對她來說，重點在於殺死怪物拿到寶箱，取得裡面的東西。

至於內容物本身，她肯定沒有多在意。

「該想辦法管教那傢伙了……混帳東西。」

「……你們感情真好？」

「哪裡好。我根本不知道她在想什麼……」

頂多只把我當成隊裡的小嘍囉吧。

拉拉伽如此說道，貝卡南覺得自己八成也差不多。

不可思議的是，這令她有點愉快。

「裡面是——這是……」

「——……劍？」

「有必要遲疑嗎？」

「因為，那個……我看不出來。」

寶箱裡裝的是貝卡南這輩子從未見過的大量金幣，還有一把劍。

既老舊，顏色又暗沉。在昏暗的迷宮中看不清細節。
不，或許是充斥迷宮的魔力或瘴氣所致。
她明白那是劍，不過更多的情報——完全無法認知。
「……是好東西嗎？」
「不知道，得帶回城裡再說。」
拉拉伽抓住那把劍，模仿賈貝吉扛在肩上。
動作輕快地站起來，回望墓室的角落。
「伊亞瑪斯，接下來要怎麼做!?」
「我想想……」
伊亞瑪斯揉了下眼前的紅髮，彷彿在摸狗。
「Ｗｏｏｆ！」
他無視賈貝吉的抗議緩緩起身，如同幽靈。
「我用過法術。貝卡南累了。收拾掉了大傢伙。也有收穫。」
他雙臂環胸，陷入沉思。
「地圖呢？」
「有畫。」拉拉伽說完，從包袱裡抓出地圖。「……現在畫。」
「好。」

既然如此，結論只有一個。

「回去吧。」

貝卡南總算鬆了口氣。

＊

「該死……！」

「杜爾迦酒館」響起冒險者的怒罵聲並不罕見。

失去同伴的冒險者。探索不順利的冒險者。復活失敗的冒險者。

這種人多不勝數。

剛才粗魯地將杯子摔在圓桌上的冒險者，也是其中之一。

他是一名戰士。

來到「斯凱魯」之前的來歷，用不著特地說明。

無論這名男子是故鄉的英雄，還是村裡魯莽的年輕人，差別都不大。

不過，男子抵達「斯凱魯」後的經歷倒是值得一提。

他召集同伴，潛入迷宮，經歷一場又一場的戰鬥，提升力量，獲得財寶，繼續前進。

沒有遇到阻礙，在迷宮不斷前行——而盡頭就在這裡。

羅丹——同伴死去，變成灰燼後，就沒有一件事順利。

要再籌到一筆復活費難如登天，不僅如此，他的靈魂永遠不會回來。

消失(Lost)了。再也無法復活。繼續活下去也沒意義。

為了賺錢，他們還真是胡來。

看到怪物就大開殺戒。如今全都化為泡影了。

「那些『偽善者(寺院)』……！」

他怒吼著捶打桌面。

在拿桌子出氣前，他還拿同伴出氣。對他們大叫，對他們怒吼，引起騷動。

其他同伴雖然願意承受他的怒火——終究是有極限的。

一人脫隊，兩人脫隊，三人脫隊。

性格——人是會改變的。他們感嘆、引以為戒、嘲笑，然後離開。

成員不足就必須補充。可是願意加入的新人力量(Level)又不足。

想成為僅次於那六位冒險者(All Stars)的團隊的自信，已經蕩然無存。

被留在離攻略「迷宮」的最前線遙不可及的地方——現在只會在淺層遊蕩，一天到晚顧著賺錢。

即使如此，盜賊仍然願意留到最後。不過，到此為止了。

——紅龍……！

隊伍解體了。

為何那種怪物會跑到地下一樓？再怎麼詛咒也無法挽回。

受到火焰吐息的直擊，半吊子的冒險者很快就沒命了。

他扛著屍體，驚慌失措、連滾帶爬地逃出來，從訓練場旁邊經過，將屍體丟進寺院。

「每個人都……!!」

結束了。

他沒力氣賺復活費，其他人也說要加入別的隊伍，各自離去。

只剩下他一個。他粗魯地呼喚女侍，叫她再送來一杯麥酒。

幸好他多少有點錢，只是不夠捐給卡多魯特神。

然而，也只有那些錢罷了。根本不夠在「斯凱魯」揮霍——

「你喝得還真多。」

「……!?」

那人的聲音宛如魔法，從身旁鑽進耳朵。

他驚訝地抬起頭，因酒精而失去焦點的雙眼左右移動。在迷宮足以致命，可是——

「不，年輕人總會有想沉溺於酒精的時候。我也有過這種經驗。」

不知何時坐到他旁邊的斗篷男──是男性嗎？──乃素未謀面之人。

──魔法師？

大概是。就是吧。不然只有可能是僧侶……

「……幹麼？來邀我入隊的？那你還是找別人吧。」

「不不不，我都一把年紀了，哪可能去迷宮那種地方……」

即使他語氣這麼差，斗篷男似乎並沒有不高興，豪邁地手一甩。

然後將冒著蒸氣的餐點──肯定早就點好了──推到他面前。

他懷疑地望向魔法師，對方以手勢叫他不用客氣。

「只喝酒對胃不好。請用，就當交個朋友。」

「……真詭異。」他謹慎地問。「你有什麼企圖？」

「哪有什麼企圖。不過，我確實想請你幫個忙。」

「什麼？」

「你不覺得自己的道路在迷宮外面嗎？」

真的如同咒文。那句話深深刺進他的心臟──他的胸口，剜出裡面的肉。

──不是沒想過。

不論過去如何，以他現在的實力，只要離開迷宮，名譽、地位，要多少有多少。

有錢。有數不清的財寶。

他之所以被埋沒，是因為這裡是「斯凱魯」，這裡是「迷宮」。

離開這裡就能解脫了。不過——

「……不過。」

「道路不只一條。若你不打算走回頭路，而是想繼續前進，就更不用說了……」

他像要把酒澆在身上似的，拿起酒杯仰頭灌下。發出吞嚥聲，喝光灼燒喉嚨的酒。

胃好像在燃燒。他用手臂擦掉滑落嘴角的水珠。

「你要我做什麼？」

魔法師胸前的護符左右搖晃，開口說道：

「想請你幫忙殺一個人。」

第四章

Adventures Inn

「這把無疑是屠龍的魔劍。」

「太、」貝卡南的聲音在顫抖。「太好了……!!」

巨大的身軀用力起身，導致圓桌彈了起來，塔克和尚苦笑著用粗糙的手掌按住桌子。

找到想要的武器，欣喜不已。這種經驗當冒險者的人都有。

「太好了，太好了……!我找到了!這把劍……是屠龍劍!我找到了!」

「好啦，好啦，妳冷靜點。」拉拉伽皺起眉頭。「又還沒上戰場。」

激動過頭的貝卡南歡呼著撲向他，拉拉伽難以忍受。椅子直接被她撞倒，發出巨響。

在「杜爾迦酒館」，這個畫面並不稀奇——前提是時間不限於最近。

這座城市的經濟完全要依靠「迷宮」，現在全都停滯不前。

冒險者之間的氣氛死氣沉沉，金錢停止流動。

在這種情況下足以讓人歡呼的「成功」冒險——屈指可數。

貝卡南撞倒椅子，手忙腳亂，拉拉伽抱怨著站起身。

接受一行人的鑑定委託，想用來補貼復活費的塔克和尚見狀——

——怎麼會這樣呢。

年輕的冒險者一步步前進的樣子，看了真是愉悅。

「我也上年紀囉……」

「又不是一天兩天的事。」

莎拉咯咯大笑，醉得整張臉都紅了。

「因為你是年紀最大的嘛。來，賈貝吉妹妹，要不要吃這個？吃吧，吃吧。」

「……woof。」

至於紅髮少女，她被抓到精靈的大腿上坐著，異常乖巧。

莎拉把肉送到她嘴邊，賈貝吉慢慢咀嚼起來，毫不掩飾臉上的不滿及不服。

但她並沒有生氣——不曉得是認為自己敵不過莎拉，還是覺得大吵大鬧更麻煩。

「抱歉，陪莎拉玩一下吧。」

塔克和尚將自己的香腸推到賈貝吉面前，向她道歉。

這跟語言是否相通，以及是否該有對話是兩碼子事。

「前陣子有同伴去世了。雖然應該會復活，她心裡還是有點疙瘩。」

「arf。」

賈貝吉吠了一聲做為回應，彷彿在說「真拿她沒辦法」。塔克和尚輕笑出聲。

「哇，對不起……！對不起，那個，我……」

「別大驚小怪。吵死了……沒事啦。」

貝卡南驚慌失措地道歉，拉起摔倒在地的拉拉伽。

拉拉伽嘴上在抱怨，卻絕對沒有責備她的意思。

賈貝吉一副置身事外的態度，面向其他地方，卻沒有疏於注意兩人的動向。

——是個好隊伍。

平常的探索過程大致可以想像。

不錯的成員，不錯的團隊。若能繼續在「迷宮」內前進，就再好不過了。

——不過，可是。

前方無時無刻都存在阻礙。

能否跨越那堵高牆，唯有神明知曉。

——不知道那傢伙在想什麼。

＊

「想不到你竟然會設宴慶祝！」

「因為我記得。」

「哦？」

「武器對我而言僅僅是一種手段，但拿到好武器還是值得高興吧？」

「是沒錯。」

兩人坐在慶祝取得屠龍魔劍的圓桌的不遠處。
自稱自由騎士的賽茲馬，與黑杖的伊亞瑪斯。兩位冒險者靜靜喝著酒。
話雖如此，從在酒館鑑定到舉辦酒宴慶祝的過程，伊亞瑪斯通常都會默許。
——因為這男人不會插手管其他人做的事。
假如那兩個人（或三個人）要狂歡，他應該會默默旁觀。
不過，相關花費他會一手包辦，或許是這個性格乖僻的男人表示關心的手段。
「你愈來愈有隊長的樣子了。」
「我並不是不習慣這種做法。」
伊亞瑪斯小口啜飲廉價的酒，嘴角浮現笑意。
「大概。」
「我偶爾會搞不懂你記得什麼、忘記什麼。」
「別在意，我也搞不懂。」
「維持輕鬆的心態很好。」
「這不是著急就能搞定的事。」
伊亞瑪斯聳聳肩膀。
「知道該做什麼便足矣。」
「確實。」

兩位冒險者發出低沉的乾笑。

賽茲馬把麥酒當水喝，抓起帶骨肉大口咬下。

美味的食物在任何時間、用任何方式食用，都同樣美味。

視線前方——對面的圓桌，高大的黑髮少女提心吊膽地拿著魔劍。

魔龍殺手。屠龍劍。賽茲馬不知道事情的經過。

然而，現在在「斯凱魯」這座城市，拿到那把武器值得高興的理由，就在劍尖所指之處。

賽茲馬沒有傻到不明白個中意味。

「沒關係嗎？」賽茲馬低聲說道。「跑去挑戰龍，那些孩子十之八九會沒命喔？」

「沒關係。」伊亞瑪斯回答。「冒險就是如此。就該是如此。」

「對你來說或許是這樣。」

賽茲馬的語氣少了剛才的緊張感。對他來說是別人家的事，對任何人來說都是。

或許連伊亞瑪斯也包含在內。

儘管如此，賽茲馬仍舊繼續這個話題，應該是那善良的本性所致。

不愧是善之戒律。

「以為自己會贏，前去挑戰強敵，最後丟掉小命，未免太可悲了吧？」

「我以前也是死在這種情況下。」伊亞瑪斯低聲笑道。「一定是。」

「是『我總是』吧？」

「也許吧。」

伊亞瑪斯喝光杯中的酒，看著不屬於此處的某時、不屬於此時的某處，開口說道。

「駭人的強敵。變強的團隊。毫不懷疑自己會吞敗仗，有勇無謀的挑戰。」

已然遺忘的剎那。自己上次是在什麼時候窺見的？那是，那正是——

「冒險最有趣的時刻。」

賽茲馬沉默不語。因為他無法阻止。

他不想成為不懂得區分慎重與耍小聰明的愚蠢之徒。

因此，他喝光杯中的酒，在拿起酒壺斟酒時，順便倒滿伊亞瑪斯的杯子。

然後望向黑髮少女——貝卡南。

「變得挺有膽量（Hit Point）的。」

「嗯，接下來輪到鍛鍊魔法。」

伊亞瑪斯依然小口啜飲新倒的酒，像想到什麼似地笑了出來。

他簡短補上一句：

「從明天開始。」

＊

「……妳真的沒問題嗎……？」
「咦，啊，嗯……嗯……我，沒問題……沒問題……」
貝卡南晃著腦袋用力點頭，看起來卻完全不像沒問題的樣子。
只是喝了一點葡萄酒，她卻整張臉都紅了，話也講不清楚。
不僅如此。
拉拉伽不認為自己有多矮，但他比貝卡南矮了一顆頭。
比自己高那麼多的人，在旁邊大動作地比手畫腳——實在坐立不安。
「我，那個，沒什麼喝酒的經驗……這個，真好喝……」
然而，當事人的口吻傻裡傻氣的，令他傷透腦筋。
「嘖，妳別再喝了，去外面喝水啦！」
「咦，啊，嗯、嗯……」
貝卡南聞言，一下從椅子上站起來，一下又坐回去，形跡可疑。
拉拉伽抬頭瞪向她，想知道她在搞什麼鬼，貝卡南緩緩將桌上的劍連同劍鞘抓住。

她用雙手將其緊抱在胸前，看著拉拉伽問：

「我、我……可以帶著它嗎……？」

「不會有人拿走啦。」

拉拉伽嘆了口氣，甩甩手。

「隨便妳。」

「嗯、嗯。」

他看著搖搖晃晃、小步走遠的背影，整張臉垮了下來。

──好像伊亞瑪斯會說的話。

感覺好差。旁邊的冒險者在竊笑，更讓人不爽。

「沒有啦。」

「……幹麼？」

毫不掩飾那抹笑容的圃人莫拉丁，一臉若無其事。

「只是想到……東方的沙漠不太會喝酒。」

「你不能先講嗎？」

「咱以為你肯定是因為知道這件事，才讓她喝酒──好痛!?」

莫拉丁輕浮地回應塔克和尚的抱怨，下一刻便痛得哀號。

看著其他地方喝酒的莎拉，似乎在桌子底下偷踹他的小腿，拉拉伽看不見就是了。

連長耳尖端都染成紅色的莎拉，跟賈貝吉玩得不亦樂乎。

「來，賈貝吉妹妹，這道料理也很好吃喔。嘴巴張開——？」

「……yap。」

藍眸望向拉拉伽求助，拉拉伽卻無計可施。

他沒有逃離的手段，只能深深嘆息。

然而，嗯——目前這些事都與貝卡南無關。

＊

「唔……唔……呃……在這邊，嗎？」

搖搖晃晃。貝卡南紅著臉，走到酒館外面。

她自以為步伐穩健，實際上卻步履蹣跚。

——跟作夢一樣……

她如此心想。

死亡與復活。訓練。在迷宮冒險。得到寶物。被洶湧的浪濤一路沖到這裡。

夜風吹在發熱的臉頰上，帶來舒適的涼意。

跟故鄉比起來，這片土地的陽光受到遮蔽……氣氛有點荒涼。

——大概是因為這樣，才這麼冷吧。

貝卡南的腦袋昏昏沉沉，但這點小事她還是明白。

也不知道該不該說幸運。

喝醉的少女踏著不穩的步伐去水井汲水，相當危險。

貝卡南卻並未受到那種不法之徒的糾纏。

除了要拜她的體型所賜，冒險者這個身分應該也占了很大的原因。

雖說喝醉了，有能力與迷宮的怪物交戰的人，身上帶著武器。

她在不知不覺間保護了自己——可以這麼說。

貝卡南用水桶汲水，拿勺子喝了一、兩口。

清涼的井水流經喉嚨，她不禁吁出一口氣。

「好好喝……」

她高興的原因，在於這個地區似乎不用擔心缺水。

除了用來喝和煮菜，連整理儀容竟然都可以不用省水。

而且沒有那毒辣的陽光，晚上也不至於那麼冷。

儘管她在這裡度過的時間稱不上長——頭上的星空氛圍也相差甚遠。

她正在那樣的地方冒險。

跟夥伴……少年、少女、男人一起，拿著屠龍魔劍挑戰龍。

「真的跟作夢一樣……」

「那真是太好囉。」

「哇!?」

她嚇得酒都醒了。

貝卡南大聲尖叫，「咻」一聲——「咚」一聲向後跳，著急地環視周遭。

或許要多虧至今以來的經驗，明明連用法都不知道，她卻以生澀的動作握住劍柄。

可是，她立刻明白透過模糊視野看見的發話者，並不需要戒備。

街道靜寂無聲。黑影落在被冠上不夜城之名的亮光間。

從中現身的，是身穿破衣，背著大包袱，手拿提燈，像隻跳蚤的矮小男人——

「咦……呃。」貝卡南眨眨眼睛。「班克，爺爺……?」

「您記得我啊?哎呀，小姐……真是溫柔的小姐。」

跳蚤男班克藏在鬍鬚底下，布滿皺紋的面容變得更加扭曲了。

疑似是在笑。

貝卡南急忙放開魔劍的劍柄，努力面向班克。

平常她或許會結結巴巴，今晚她卻覺得自己可以把話講清楚。

「那個，我……謝謝。都是多虧你願意借我們錢……」

貝卡南語無倫次，接著用力低下頭。黑色馬尾於空中彈跳。

「……不過，我還沒有錢還。對不起。」

「哎呀，沒事，沒事。小姐，我啊，不會跟人催錢的。」

班克甩甩手，輕快地走到貝卡南旁邊。

貝卡南心想，何不把包袱放下呢？然後望向手中的魔劍。

她隱約可以理解，應該是不想放下。這時，班克開口說道：

「我今天啊，是來送上一點賀禮。」

「賀禮……？」

「雖然我們認識的時間不長，有好事發生總是值得慶賀。」

「好事……」

「您變強了吧？」

——有嗎？

貝卡南不知道。

她微微歪頭，望向一直握在手中的屠龍劍。

取得魔劍了。屠龍的魔劍。然後……

「……我不知道。」

結果是這樣。

她實在不認為自己變強了，只能回以沒有自信的苦笑。
回應她的是宛如生鏽的金屬互相摩擦的刺耳笑聲。
「技術提升了、成長了，這種事沒人看得出來。不管是旁人，還是自己。」
有能實際看出成長的道具，應該很方便吧。語畢，班克聳了下肩膀。
「唯一能確定的，只有自己有所前進。一步步地前進。好好珍惜就對了。」
「前進……」
自己有所前進嗎？答案很明顯。
——前進了。
沒錯。
倘若至今以來的經歷全是夢境也就罷了，這把劍的重量告訴她並非如此。
這些經驗是身在故鄉的她完全無法想像的。那麼——
——我正在向前邁進。
班克加深笑意，點點頭，或許是看穿了貝卡南的心情。
「喔，對了。小姐要挑戰火龍對吧？那麼，送您一枚金幣。」
「金幣……？」
「嘻嘻，金幣這東西啊，小姐，有許多傳說……」
班克像變魔法似的，從那個大包袱裡取出一枚古老的金幣。

昏暗的光線中，那枚金幣被感覺異常遙遠的酒館燈光照亮，顯得熠熠生輝。

「小姐是否聽說過……力量金幣這個玩意兒？」

「沒有。」貝卡南搖頭。「從來沒聽過。」

「這東西是有神力的金幣，扔一次即可成為厲害的騎士，再扔一次便成了偉大的聖人。」

貝卡南把臉湊近那枚金幣，定睛凝視表面。

表面上好像刻著老人的臉孔。年邁的魔法師。

那名魔法師吐出舌頭，彷彿在輕視看著他的對象；嘴角上揚，彷彿在嘲笑貝卡南。

「不過，聽說扔第三次的人會淪為一具屍體，大概是因為引發了奇蹟……」

「嗚！」

「嘻嘻嘻。化為灰燼也好，失去靈魂也罷，都會變成屍體。是個好東西對吧？」

貝卡南嚇得往後跳，無言以對，嚥下一口唾液。

即使如此，贏不了好奇心正是魔法師的——貝卡南的**天性**。

她提心吊膽地將遠離金幣的臉又湊過去，用顫抖的聲音詢問：

「扔三次……會怎麼樣？」

「會怎麼樣呢？」

班克的回答模稜兩可。

他極其慎重地將金幣來回翻面，用骨節分明的手指撫摸，放在拳頭上。拳頭的大拇指上。

「說不定它就是用過兩次的硬幣——祝福您。」

啊——貝卡南在內心驚呼時，硬幣已經飛到空中。

「哇、哇……！」

貝卡南手腳大亂，狼狽地展開雙臂，不知道該往哪邊移動，躊躇不定。飛向夜空的金幣光輝比繁星更渺小，就算她瞪大眼睛，仍然捕捉不到。掉下來的金幣砸到水井邊緣彈開時，她才終於發現。

她連忙伸出雙手抓住金幣，提心吊膽地張開手掌。

「啊，哇……碎掉了……!?」

金幣完美裂成兩半，碎掉了。

不，不僅如此。那枚金幣想必歷史悠久，開始崩解了。

貝卡南的手指碰到金幣，想設法歸還它的瞬間，金幣已經化為灰燼。

少女困擾地注視掌心的灰燼，跳蚤男發出刺耳的笑聲。

「看吧，小姐。沒死。您運氣真好，很幸運。」

「爺爺……班克……那個，你也——」

忽然閃過腦海的疑問脫口而出。

「你也曾經是冒險者嗎？」

「誰知道呢，我很膽小的。」

然而，老人的回答依舊模稜兩可，無精打采地搖頭。

「肯定不是冒險者。非常想去迷宮的底部，卻害怕得不得了。」

班克重新背好包袱，再度踏著輕快的步伐走向黑暗。

走沒幾步，他突然轉頭望向貝卡南。

「小姐，那個戒指不錯。好好珍惜它啊。」

「戒指……？」

——啊。

經他這麼一說，貝卡南想起在探索過程中發現，放在她這邊的戒指。

忘記要找人鑑定了。該現在回去拜託塔克和尚嗎？在酒宴途中。

貝卡南下意識拿出收起來的戒指，判斷打擾人家喝酒太不識相，決定作罷。

當她抬起臉的時候，班克已經不見蹤影。

只剩下落在不夜城中的黑暗，以及來自遠方的酒館喧囂聲。

——……算了。

金色圓環輕鬆穿過貝卡南的手指。尺寸分毫不差，簡直像為她量身訂作。

她用戴上戒指的手握緊掌中的灰燼，低聲說道：「謝謝。」

有人對她——有人為她做了什麼。為她祈求幸運。

不知道自己是否有能力回報這份恩情，不過沒有不去做的道理。

「…………嗯，好。」

貝卡南握緊拳頭，燃起鬥志。

神奇的是，她覺得頭腦清醒了一點——儘管只是她自己覺得而已。

「…………唔……」

不是酒醒了。是理應已經散去的醉意再次湧現。

「……休息一下，就回去吧……」

不會擋到人的地方。例如桶子旁邊，角落，能好好待著的位置。

貝卡南將雙膝連同魔劍一起抱住，獨自蹲在飲水處的角落。

是他叫我去喝水、去醒酒的。嗯，雖然我不認為自己有喝醉。

過沒多久——少女搖搖晃晃的頭部垂了下來。

＊

原來如此，還有這招——賈貝吉心不在焉地想。

新加入的那個高大卻動作遲緩的傢伙一個人溜掉，看了真是大快人心。

那個黑黑銀銀的長耳朵，和這邊這個長耳朵，賈貝吉都不討厭。

純粹是不喜歡她們特別愛關心自己，還把怪味蹭到自己身上。

尤其是氣味。輕柔甘甜的氣味，從那個狹窄的房間上方飄過來。

因此，面紅耳赤的長耳朵眼睛開始打轉，注意力渙散時，賈貝吉自然不會放過這個好機會。

她以如同野獸的靈活動作從她懷裡鑽出去，迅速逃離酒館。

逃出寬敞卻擁擠的房間，來到更加寬敞，沒有天花板的昏暗房間。

舒適宜人的風吹在身上，賈貝吉甩了下頭。

她討厭瀰漫在剛才那個房間中的氣味。這個地方比較大，待起來舒服多了。

她抽動鼻子，替換肺部的空氣，滿足地咕噥道：「ｙａｐ。」

接著走向石頭蓋成的洞。

邊走邊扔掉斗篷，脫下上衣。

其他布料、大劍也通通扔掉，伸了個大大的懶腰。

骨瘦如柴的雪白身軀裸露在外。全身只剩下粗糙沉重的黑色項圈，散發黯淡的光芒。

黑黑銀銀的長耳朵對她的服裝儀容異常講究，賈貝吉卻沒有任何感覺。

她將繫著長繩的容器扔進洞裡。

等到聽見「撲通」聲，再拉繩子回收容器。

賈貝吉學到，這樣做就會有水。

她直接把取來的水迎頭澆下。

「……woof！」

冰涼的水帶來刺骨的寒意，很舒服。她抖動身軀，把水珠甩得到處都是。

溼掉的項圈及鍊條碰到身體，搖來晃去。

老實說，她不太喜歡被人清洗身體。

因為那個長耳朵總愛把會起泡沫、散發奇怪香味的東西抹在她身上。

但她明白，只要像這樣用水潑身體，身上的怪味就會消失。

這樣——很好。至少她現在很舒服。賈貝吉心滿意足。

沒錯，賈貝吉心滿意足。

過去，她一直被關在狹窄的房間裡，如今被帶到更加遼闊的地方。

黑黑大大的傢伙、吵死人的傢伙，然後是動作遲緩的巨人，除了他們，身邊還多了其他人。

那些人不會把她當成異類看待，也不會對她投以輕蔑的笑。

賈貝吉不會因為被笑而受傷，純粹是不能接受別人瞧不起自己。

食物可以有多少吃多少。可以自由大鬧。看不順眼的東西也可以一劍劈了。

賈貝吉心滿意足。在短短幾年的人生中，這還是第一次。

因此，說她大意未免太過殘酷。

「Eeeek!?」

忽然從背後襲來的重擊命中後腦杓，少女尖叫一聲，倒在地上。

「Agh!?」

緊接著，她被狠狠踹飛，像顆球似地彈起來，蜷起身子。

「Ugh……!?」

「────」

她按著腹部呻吟──呻吟聲和胃液及嘔吐物一同從口中溢出，她覺得很浪費──抬起頭。

眼前是素未謀面的男子。

推測是戰士──她不知道這個詞就是了。

那名男子目露凶光，俯視賈貝吉，長靴的鞋尖陷進她的腹部。

「……Aah!?」

冒險用的粗糙長靴毫不留情，如字面上的意義蹂躪著看得見肋骨的平坦腹部。

她反射性叫出聲，眼眶泛淚。不是出於恐懼，不是哀號，僅僅是生理反應。

從這人身上傳來淡淡的氣味。微弱的餘味。她不會忘記。是那些人的味道。

賈貝吉被踩在地上，對男子齜牙咧嘴，低聲吼叫。

「Grr……!!」

她並不害怕。這種貨色不足為懼。她討厭的是這人的眼神。

看不起她，輕視她，覺得自己能自由擺布她的眼神。賈貝吉絕不饒恕。

「Hoooooooowl……!!」

「……!?」

男子瞬間瑟縮了一下，似乎嚇到了。但他立刻緊抿雙唇，拔出劍。

「我跟妳沒仇。別怪我，這是我的工作。」

聽起來真像藉口——賈貝吉沒有這麼想。

她在想的是——……

＊

——怎、怎麼辦……!?

貝卡南蹲在水井旁邊的暗處。

窸窣窸窣，撲通，嘩啦。這些聲音令昏昏沉沉的她撐開眼皮。

視野模糊不清。她眨眨眼睛。映入眼簾的是瘦弱得令人不捨的雪白身軀，以及

紅髮和黑鐵。

跟她同夥的少女，竟然在這種地方——雖然她也睡在這種地方——淋浴！

——哇、哇……!?

她手腳大亂，不知道自己該繼續躲在這邊，還是出去跟她搭話，猶豫了一瞬間。

就在這時，從暗處衝出來的黑影——冒險者——穿鎧甲的男人，對賈貝吉發動攻擊。

來自後方的一擊。趁她摔在地上時痛踹她，踐踏她，舉起手中的劍。

怎麼辦？貝卡南後悔自己為何要猶豫，緊咬下唇。

「……嘿、呀……！」

「!?」

軟弱無力的吶喊、怯弱的態度，胡亂揮舞、甚至沒拔出鞘的魔劍。

然而，穿鎧甲的男子，劍士做出了反應。要多虧他在迷宮學到的經驗和直覺吧。

劍士迅速躍向後方，面對貝卡南。

「……嘖，新手嗎……！」

「呼……呼——呼……!!」

「……妳在害怕。」

說中了。

貝卡南好不容易鼓起勇氣擋在賈貝吉前面，顫抖不已，氣喘吁吁。

手指僵硬，冷汗從掌心滲出。光是想要拔劍出鞘，就失敗了好幾次，陷入苦戰。

魔劍好不容易伴隨出鞘聲握在她手中，然而在月光的照耀下——

——……看起來只是把普通的劍。

貝卡南很想哭。劍身在散發淡藍色的光輝，僅此而已。但她只有這把武器可以依賴。

「丫頭，滾開。我要找的人不是妳……妳不想死吧？」

「我、我，不想死，可是！」她語氣緊張。「我、我有事找你……!!」

近乎直覺。貝卡南意識到自己不能逃避，瞪向那名劍士。

賈貝吉被又打又踹又踩，不要緊吧？她沒有心力擔心她。

不，她沒有任何一刻是從容不迫的。

神奇的是，在迷宮裡的時候，夜賊、蜘蛛、螳螂都看得清楚，眼前這名敵人的輪廓卻十分模糊。

手中的劍重如鉛塊。它有這麼重嗎？遠比前一刻沉重。

——可是，不至於拿不動。

真是不可思議。劍柄彷彿被手掌吸附住，不用擔心掉出去。

貝卡南踩著不習慣的滑步，測量跟劍士之間的距離。她不知道什麼叫攻擊範圍。

劍士——一動也不動。事到如今，他才被貝卡南巨大的身軀震懾住。他在戒備。

即使是新手，擁有能力加成(Bonus Point)的一擊萬萬不可小覷。

——他誤會了……

而這個誤會，對現在的貝卡南來說實乃天賜良機。

向其他人求救——這個念頭一閃而逝。

她正準備開口，劍士就朝她撲過來，害她以為自己要被刺穿了。

老實說，真的很恐怖。

「……呼！呼……嗚……呼……」

只是拿著劍跟敵人互瞪，卻讓她喘不過氣。

敵人往右就跟著往右，往左就跟著往左。貝卡南持續移動，將賈貝吉護在身後。

汗水滴進眼睛，帶來劇痛。今天累積的戰士經驗，不曉得消失到哪去了——

「嘶……!!」

「啊……!?」

劍士在她如此心想時拉近距離。

她用屠龍劍擋（Parry）掉來自頭頂的強力一擊。金屬聲炸裂。手掌陣陣發麻。

「……嘖!?」

劍士大叫一聲。他用的是利刃劍，賦予魔力的長劍。

一般的劍隨手就砍得斷。沒被砍斷，代表對方的也是魔劍。

「勝負哪是單憑武器決定的……!」

他的咆哮如同哭喊。但這是事實。因為空有這把武器，什麼都做不到。

「嗚!?哇!?啊啊!?呀啊!?」

一擊，又一擊。為了屠殺怪物而磨練的劍技，無情地襲向貝卡南。

貝卡南尖叫著奮力抵擋攻擊。

敢稍微放下手中的劍，就會被殺。恐懼的心情勝過手掌的麻痺。

泛著淚光的金眸彷彿在討好他——實際上卻狠狠瞪著他。

「啊啊啊!!」

這讓男子——劍士異常焦躁。

賈貝吉。紅髮的前奴隸。他很驚訝那號人物竟是一名少女，卻不是完全不認識她。

那個黑杖的伊亞瑪斯。挖屍體的傢伙拉她入夥，這件事他早有耳聞。但他跟她無冤無仇。

若目標是伊亞瑪斯，那就另當別論了。然而事實並非如此。

如今成為邪惡戰士的他，純粹是為錢接下殺人的任務，採取行動。僅此而已。

然而——站在眼前的這個宛如半巨人的女孩。

受到恩賜的身材、受到恩賜的裝備、畏畏縮縮的態度、與其不相稱的力量，通通觸怒了他。

如果我跟她一樣有天分，如果我擁有跟她一樣的成長環境——男子明白這是在遷怒，依舊如此心想。

他怎麼想都覺得，害自己落魄至此的原因全在她身上。

跟那隻紅龍一樣。假如沒有紅龍。假如沒有這女孩。

「喝啊!!」

「哇啊啊啊啊!?」

貝卡南當然不會知道。她現在根本沒空考慮敵人的心情。

儘管如此，她稍微恢復冷靜了。雖然她仍在哭喊。

——我，沒有死……!?

那無疑是出色的成果——她鍛鍊出的生存能力（Hit Point）帶來的功效。

撐不了太久。可是，還沒死。有時間思考該如何是好。而且——

「Ｒｏｏｏｏｏｏａａａａｒ!!」

「哇!?」

她還有同伴。

在貝卡南吸引攻擊時，紅髮少女——賈貝吉撲向敵人。

她從背後發動攻勢，跟野獸一樣瞄準、咬住沒有被鎧甲包覆住的後頸。

劍士哀號著劇烈扭動身軀，把賈貝吉甩下來，她叫了一聲。

「Ａａｈ!?」

應該是摔在地上時來不及護住身體。貝卡南瞥了她一眼，然後——

「哇啊啊啊……！」

使勁揮舞大劍，直線向前衝，砍向敵人。

「嘖!?」

鎧甲男單手按住脖子，用另一隻手揮劍擋住攻擊。

跟剛才的情勢相反——差別在於雙方都不再冷靜。

——我，要砍哪裡……要怎麼用它……!?

更重要的是，貝卡南沒有砍人的經驗。畢竟她連拿劍都是第一次。

真的可以砍人嗎——這猶豫不決的心情，並非出於對敵人的關心。

而是對未知的恐懼。「可以做這種事嗎」的自我防衛機制。

所以這個瞬間，貝卡南覺得自己的身體彷彿不屬於自己，俐落地行動了。

是因為拆掉胸甲了嗎？手臂動作流暢。放開長劍的指尖在空中舞動，舌頭放聲歌唱。

「『赫亞（火焰）　萊（啊）　塔桑梅（來吧）』……!!」

「什麼……!?」

看見於眼前解放的蒼白「小炎（哈利特）」，男子瞪大眼睛。

緊接著，火焰在臉上炸開，含糊不清的慘叫聲從潰爛的喉間傳出。男子向後仰去，用力抓著臉頰、喉嚨。

「嗚、啊、呃、啊啊啊！！！？」

「成、成功了……？」

「Ｈｏｏｗｌ!!」

模糊的叫聲、驚訝與困惑與興奮、咆哮。三種聲音。

貝卡南茫然凝視自己的指尖，賈貝吉從她身旁衝上前。

她將裸體暴露於月光下，撲向鎧甲男，手上是從地上拾起的大劍。

致命一擊（Critical Hit）。

男人的頭部伴隨暢快的「唰」一聲飛到空中，鮮血飛濺在皎潔的月光中。

血液如同噴泉似地從天而降，賈貝吉沐浴在其中，回頭望向貝卡南。

手拿白刃。肌膚、臉頰都被血染紅。紅髮少女清澈如湖泊的雙眼直盯著她。

——好美。

貝卡南不明白自己為何會產生這樣的感想。

不過這個時候，她覺得自己聽懂了這位紅髮少女——賈貝吉的吠叫。

「ａｒｆ!!」

幹得好——雖然有可能只是她自我感覺良好。

第五章
霍克溫

傷腦筋的是之後發生的事。

想要炫耀獵物——貝卡南隱約猜得到她的想法——的賈貝吉，企圖裸體衝進酒館。

幾乎是被賈貝吉拖回去的貝卡南快要哭出來時，那個人緩緩走出。

戰鬥都結束了，我頭還在暈，好噁心，好想吐，賈貝吉好強。

貝卡南急忙拉住她，搞到自己也滿身是血。

「搞定了嗎？」

伊亞瑪斯。黑衣男，黑杖的魔法師，恐怕是團隊的隊長。

他喃喃說道，聽見賈貝吉「ｙａｐ」叫了聲回應後點點頭，望向貝卡南。

然後開口說道：

「會在酒館後面遇襲的，註定活不下來。」

——這個人都知道！

好過分、沒良心、怎麼這樣，千思萬緒在貝卡南的腦中打轉。

最後說出口的，是這麼一句話。

「搞定了……！」

「嗯。」

實際上是賈貝吉幫忙搞定的，所以貝卡南不知道舉起來的拳頭該往哪個地方揮下。

他先是無視賈貝吉的抗議，揉亂她的頭髮，走向水井。

接著汲水沖掉地面的血跡，將水桶扔給貝卡南。

「哇、哇……!?」

「幫賈貝吉穿上衣服。要是有其他冒險者過來，就說妳們差點遭到打劫。」

「咦、咦，可是，我……沒關係嗎……？」

雖說是為了保護自己，她們可是在街上殺了冒險者。冒險者互相殘殺是禁止事項。她們把一個人。那個。

「這是家常便飯。」

「咦咦……」

伊亞瑪斯先行回到酒館，跟別人講了幾句話，回來扛走屍體。

貝卡南則花了九牛二虎之力，總算讓賈貝吉穿上衣服。

「alf……！yap!?」

伊亞瑪斯忽然往這個方向看，似乎聽見了賈貝吉的叫聲。

他注視的對象——不是賈貝吉，是貝卡南。

貝卡南沒來由地覺得坐立難安，在原地扭動身軀。

「怎麼？回去當魔法師了？」

「……我一直是魔法師。」

貝卡南噘起嘴巴。

「唔。」伊亞瑪斯咕噥道。「有道理。」

比起這個，貝卡南更在意抬走屍體的伊亞瑪斯撿回來的頭顱的主人。

「呃，那個……那個人，會怎麼樣？」

丟掉、藏起來，還是埋葬？伊亞瑪斯臉上寫著「問這什麼問題」，一副理所當然的樣子回答道：

「屍體就是要扔進『寺院』吧？」

她不是沒考慮過這個可能性，沒想到真是如此。

貝卡南沒心情回酒館參加宴會，也不想去馬廄睡覺，索性跟在後頭。

好不容易穿上衣服的賈貝吉，也小步追上他們。

她在不停哼氣，是「怎麼樣」、「看到沒」、「要像我這樣做」的意思嗎？

貝卡南只是回以乾笑。

抵達「寺院」時，迎接一行人的是銀髮的女性精靈——艾妮琪。

她記得。幫自己復活的人。可是，都這麼晚了她還在工作嗎？

——這個人什麼時候睡覺呀？

這個疑惑閃過腦海。精靈不需要睡眠，是神代時期的事。

「哎呀！」艾妮琪修女開口就是一聲驚呼，接著說道：「竟然！」

貝卡南跟至今以來的經歷一樣，被洶湧的浪濤沖走。

艾妮琪修女將她跟賈貝吉一起拽到寺院後院，脫光兩人的衣服，往她們身上潑水。

「哇啊啊啊!?」身體在她尖叫的期間被搓洗乾淨，不知不覺連衣服都換好了。

之後，她被扔到宿舍的床上，回過神時——天色已亮。

連思考的時間都沒有。

穿回那套樸素衣服的貝卡南，縮著身體坐在床上，嘆了口氣。

「……我跟得上嗎……」

事到如今她才覺得，凡事都超出自己能注意到的範圍，外界的常識完全不適用於這個地方。

樸素的石屋——儼然是迷宮的墓室——房門突然被人敲響。

「咦，啊，請、請進。」

這樣講恰當嗎？貝卡南羞紅了臉。

「您醒了？」

幸好，從門後探出頭的艾妮琪帶著溫柔穩重的笑容。

「早餐準備好了，不嫌棄的話要不要來用餐？」

「啊，那個，我——」

她正想拒絕，肚子卻背叛了她，發出與體型不符的微弱咕嚕聲。

「……我不客氣了。」

「嗯，請便！」

＊

「……所以，他們是怎樣？」

拉拉伽語氣不耐，是因為他始終被排擠在外。

「不是『們』。」貝卡南小聲糾正他。「只有一個人……」

「寺院」的接待室——之類的房間中。

即使收了巨額的捐款，寺院的風格依然簡單樸素，唯有此處例外。

長毛地毯、底下墊著柔軟填充物的長椅。鮮豔的彩繪玻璃窗。

貝卡南的身體陷進椅子，拉拉伽和賈貝吉則並非如此。伊亞瑪斯站在牆邊。

「是『們』啦。『們』！」拉拉伽咕噥道。「就我所知，這是第四次了吧？」

「第四次。」

「第二次是武器店那傢伙。第三次是在『迷宮』中。」

「呃，第一次呢……？」

拉拉伽沒有回答。這是前幾天的夜裡，他在馬廄跟她聊天時沒提到的部分。

他以沉默代替回應，瞪向伊亞瑪斯。

至於那個正在晃動身體，享受長椅彈性的紅髮廚餘，事到如今就不用管了。

「被盯上的人是你吧？」

「未必吧？」

「那會是這傢伙？」

「ｗｏｏｆ。」

他指向在旁邊跳來跳去，點頭表示肯定的賈貝吉。

怎麼看都是個與野狗無異的髒ㄚ頭。

沒道理被盯上——拉拉伽倒是有盯上她的理由。因為她踹過他好幾腳。

「妳在哪裡給誰添了什麼樣的麻煩……」

「ａｌｆ？」

賈貝吉臉上寫著「說什麼鬼話啊你這傢伙」，在被打前跳下長椅。

八成是膩了。賈貝吉自由地邁步而出，對彩繪玻璃窗表現出好奇心。

穿著看似金剛石鎧甲的年輕人，帶著美女前往地下深處的畫面。

是拉拉伽沒聽過的英雄傳說。肯定是很久以前的故事。現在不需要在意。

「之後就要去殺紅龍，我們可沒心力防著那些人。」

「我不擅長幹這種事。」

伊亞瑪斯深深嘆息。

「這輩子從來沒有四處打聽情報過。」

「我想也是。」

拉拉伽斬釘截鐵地斷言，伊亞瑪斯就是那樣的人。他八成對其他人半點興趣都沒有。

貝卡南的視線在陷入沉默的兩人之間來回移動。

閉上嘴巴，張開，又閉上，終於開口。

「那、那個，我、我有個想法……有個建議！」

「什麼建議？」

拉拉伽斜眼瞥向她，她靜靜放下舉到一半的手。

然後戰戰兢兢，怯生生地觀察兩人的反應，用微弱的聲音嘀咕道：

「既然如此……去拜託擅長的人，怎麼樣？拜託別人打聽情報、調查……」

「唔。」

伊亞瑪斯抱著胳膊，沉吟一聲。

「那我有個人選。」

*

簡單地說，只是保險措施。
因為沒人認為那個小丫頭贏得了火龍。
不對，不只那丫頭——誰都贏不了火龍。
——再強大的冒險者都一樣。
冒險者並非不死的存在。冒險者會死。就算不在迷宮裡面。
而在迷宮外面殺死冒險者的方式，他們比其他人略懂一些。
手段要多少有多少。毫不誇飾，要多少有多少。
派過去當刺客的冒險者能解決掉的話最好。不然也能做為警告……
男子像在找藉口似地告訴自己，一面思考，一面走在人潮之中。
「斯凱魯」的空氣——淤塞不通。
這座城市的活力來源，於好於壞都建立在「迷宮」上。
而紅龍阻擋了活力的流動。
城市所需的物品、冒險者所需的物品、娛樂、食物、生活所需的物品。
為了取得這些東西，人們只得吐出至今以來囤積的財寶。
因為會無限湧出金幣的壺被蓋上了。

走在路上可以看見冒險者在為麵包殺價，跟店長互相怒吼。
冒險者倒還算好的。冒險者勉強買得起的價格，貧民絕對無法觸及。
無法成為冒險者，當然也無法成為商人的乞丐，一個個窩在暗巷。
——可悲啊。
男子將乞丐、店長、冒險者當成掉在路上的穢物看待，快步從旁經過。
能決定麵包的價格，應該是給予王侯貴族、領主的權利。
由負責人高聲昭告天下，方為正確的社會運作方式。
豈能允許這種不法之徒，在光天化日之下為所欲為。
要是沒有迷宮就好了。一切的原因都在於此。城牆外，於郊外誕生的魔穴。
只要迷宮這種荒謬的東西沒出現。
——就不用花那麼多力氣，處理那個可恨的紅髮詛咒之子（Bastard）……！
「是這樣嗎？」
「——!?」
男子的一切在彎過暗巷轉角的瞬間蒙上黑暗。他的記憶就到此為止。
——不。
應該說是「現在才發現」。
男子發現了身在黑暗當中的自己。

動彈不得。被束縛住了。或者是魔法的效果？脖子以下的部位沒有感覺。

因此，男子——密探凝視著眼前的黑暗深處。尋找發話者。

眼前只有黑暗。黑影。

那道黑影緩緩從地面隆起，變成人類的形狀。

身穿黑衣的男子——身穿東洋風服裝的男子——蒙面男。

然而，密探連聲音都發不出。

——這是什麼……？

那是化為人形的死亡。

有任何一個舉動惹到他，就會沒命。

很好笑吧？任誰都不會相信。

因為，真的很好笑。太過愚蠢，滑稽至極。

這男人悠閒地在他面前吃著用煮熟的穀物捏成圓形的糧食。

——敢動一回合，就會被殺……！

他連口水都不敢吞。不敢呼吸。不敢眨眼。

「那麼。」吃完糧食的男子語氣平靜。「這是別人拜託我的，我也沒辦法。」

「方法有很多種。把你綁起來獻給卡多魯特神也是可以，不過……」

男人念念有詞，緩慢走向他。

密探腹部施力。恐怕是要拷問、審問他。不管他問什麼，他一個字也不會說。嘴巴還能動，代表可以使用法術。咬斷舌頭也行，他豈會輕易屈服。

可是——不知為何。

「死了也沒關係。反正只是用來打發時間的。」

——他不禁覺得，做什麼都是徒勞無功。

＊

「好像叫『牙之教會』。」

傍晚，黑衣男——霍克溫回到「寺院」的其中一間房間，語氣輕鬆。

拉拉伽沒聽過這個組織。房間裡的其他五人不曉得如何。

他望向貝卡南。她急忙搖頭，編成辮子的黑髮劇烈晃動。

賈貝吉……問也沒用。艾妮琪修女僅僅是面帶微笑，一語不發。

賽茲馬聳了下肩膀——最後由伊亞瑪斯不耐煩地、無奈地提問。

「那是什麼？」

「似乎淪為王家的密探了。或者說是晉升為。」

——？

拉拉伽忽然覺得答非所問——他們的對話跟自己的理解有差異。

伊亞瑪斯的問題，聽起來並不是在問對方的身分。

不過，這種細微的異樣感，被賽茲馬輕快的口哨聲驅散。

「虧你有辦法讓他招供。」

「人人都有弱點。毫無例外。」

霍克溫低聲宣言，疑似有那麼一瞬間望向貝卡南。

然而，那也只有一瞬間。他雙臂環胸，靠到角落的牆壁上。

彷彿在表示自己該說的話、該做的事已經大功告成。

「王、王家……」被他看了一眼的貝卡南提心吊膽地開口：「國王……？」

「難怪我好像在哪看過她。」

聽見艾妮的自言自語，賽茲馬也接著說道：「髮色跟現在的王子很像。」

稱不上寬敞的房間中，唯有紅頭髮的賈貝吉在發呆，一副事不關己的態度。

她大概是發現全員的視線都集中在自己身上，疑惑地回瞪眾人。

依序掃過眾人的藍眸，最後望向拉拉伽，刺在他身上。

「意思是，她是公主嗎？」

「ａｒｆ。」

「……怎麼可能，絕對不可能。」

「ｗｏｏｆ!!」

下一刻，拉拉伽哀號著跳起來。賈貝吉使勁踹向他的大腿。

她不可能聽懂這段對話，想必是敏銳地察覺到自己被人瞧不起了。

拉拉伽抱著腳踝呻吟，賈貝吉得意洋洋地哼氣。

貝卡南像在辯解般悄聲說道「我覺得很棒」，揮揮手。

她將目光從忿忿不平地仰望她的拉拉伽身上移開。八成是不想被踢。

不如說，沒人願意對拉拉伽伸出援手，包含興致勃勃地旁觀的賽茲馬在內。

「這傢伙是什麼來歷並不重要。」

拉拉伽抱怨著「那個可惡的傢伙」，搖搖晃晃起身，對伊亞瑪斯噘起嘴。

「……怎麼會不重要。」

「你認為龍有什麼來歷嗎？」

「沒有……」拉拉伽咕噥道。「我不是那個意思。」

「要是有人從旁礙事就糟囉，伊亞瑪斯。」

賽茲馬簡短說道：

「『牙之教會』的傳聞我也聽說過。王家的密探、魔導的使用者。肯定是相當可怕的敵人。」

在「迷宮」裡面能發揮多少實力就難說了。賽茲馬補充的這句話，不曉得該如何理解。

——嗯。

拉拉伽心不在焉地思考著。目前是這個廚餘的實力占上風，不過。

「snaaaaaarrrrll……」

「公主啊……」

怎麼看都不像。他在這麼想的瞬間差點被踹飛，向後跳躍。

「好險，誰會被妳踹那麼多次……！」

「arf！arf!!」

「不、不要吵架……！」

貝卡南連忙勸架，但賈貝吉可沒那麼容易停下。

「寺院」的其中一間房間突然熱鬧起來，另外三人卻選擇無視。

兩位熟練的冒險者和銀髮修女面面相覷，思考該如何是好——

「總而言之，比起胡亂釀成騷動，繼續待在迷宮應該比較安全。」

艾妮琪修女的語氣鎮定得一如往常。

她用手梳理仍在齜牙低吼的紅髮少女的翹髮。

賈貝吉起初還在不耐煩，最後似乎放棄了，安靜下來。

她並不服氣，想必只是知道反抗不了艾妮琪。

銀髮精靈跟在摸小狗一樣撫摸那頭紅髮，彷彿在閒話家常。

「對吧？運送死亡的鷹風。」

「…………」

沒有回應。不過，這陣沉默勝過任何的言詞。艾妮滿意地點頭。

——哎，的確。

拉拉伽也不是不明白。

無論要躲躲藏藏，還是要正面迎戰，都是在「斯凱魯」——在「迷宮」裡面比較好。

遠比城外那片荒涼的土地好。

畢竟在迷宮裡面，不管是刺客還是那什麼教會的人，都不會受到特殊待遇。

在怪物眼中，他們跟冒險者一樣是入侵者，是玩具，是餌食。

「迷宮」不會幫助任何一方。最近他總算明白這個道理。

——不過。

拉拉伽心想。前提是那些人不會又像那個時候一樣，喚來一群怪物。

「不過，要怎麼辦？萬一他們每晚都來襲擊，誰受得了啊。」

「唔。」抱著胳膊的伊亞瑪斯沉吟道。「探索時被妨礙會很麻煩……喂。」

「嗯？」

被叫到的是賽茲馬。

自稱自由騎士的這男人，把正在被摸的賈貝吉當成小狗看待。

站在他旁邊，連貝卡南看起來都像普通的女孩。雖然她實際上就是普通的女孩。

「有沒有辦法？」

「我想想……」

這個善良的男人悠閒地擺出沉思的姿勢，彷彿在思考菜色。

「沒必要想得那麼複雜吧？」

「怎麼說？」

「他們為何現在才派人襲擊她？明明放著不管就好。反正這女孩——」

那名受人喜愛的美男子，帶著微笑用與平常無異的語氣說：

「會死在『紅龍』手下。」

「……!?」

貝卡南的身體——聲音為之顫抖。

一手拿著法杖，一手拿著劍鞘。視線比流星更快落到腳邊。

好過分——她不會這樣想。她憂鬱的精神無時無刻都在針對自己。

果然不行吧，太莽撞了，太輕率了。不可能。不知天高地厚。慢吞吞的貝卡南又要做蠢事了。

「原來如此。」

低沉的笑聲——伊亞瑪斯的話語，刺中於腦海盤旋的思緒。

「是個好消息。」

「咦……？」

「他們覺得如果各位前去挑戰『紅龍』……有個『萬一』就麻煩了。」

艾妮接著說。貝卡南錯愕地抬起頭，拉拉伽咧嘴一笑。

賽茲馬也面不改色地點頭。

「意即——」

災禍的中心。對其他人談論的話題毫無興趣，自己在一旁發呆的紅髮少女。

「乾脆去成為英雄吧。」

「ａｌｆ？」

第六章

Dungeon and ......

「……唉，那隻紅龍跟癌瘤一樣。」

「斯凱魯」的工商組織，正確地說該稱之為公會的會所中，會長正在抱頭嘆氣。

讓身體腐敗的致命疾病。沒錯。「斯凱魯」緩慢且確實地逐步靠近死亡。

而且，沒有辦法解決。

聚集在會所裡面的商人們，表情都跟會長相差不遠。

「可是，這樣下去只會愈來愈慘……」

「迷宮內部的情況，外面的人還不知道對吧？」

「那當然。拜其所賜，人和商品還是會進來。不過——」

「用來交易的金錢不會進來。」其中一人發出乾笑。「在中飽私囊前就先餓死囉。」

「儘管漲價是逼不得已，差不多快到極限了。人人都在抱怨。」

「果然該試著再拜託冒險者一次吧……？」

「現在在說的，就是那些冒險者快爆發了……」

「斯凱魯」是一無所有的村子。

小小的村落。冷清，只有天空、地面、岩石、人類，貧瘠的村子。

「迷宮」出現前是如此。在那之後，一切都變了。

赫赫有名的英雄們，湧入畏懼怪物的村子。

還有企圖一夜致富，身分不明的人們。僱用他們和傭兵擔任護衛的商人。

小小的村落轉眼間就蛻變了。

這樣下去會被吞噬——再說，這裡連讓那麼多人居住的空間都沒有。

當時的村長費盡苦心。

現任會長則認為他是在幫倒忙。自己現在會這麼辛苦，原因就在於此。

與此同時，他也明白這是無可奈何。「斯凱魯」能撐到現在，全是託他的福。

當時的村長做的事，並沒有什麼大不了。

只是照顧人而已。

提供場所讓來到「斯凱魯」的旅人、冒險者，以及從「迷宮」歸來的冒險者過夜。

冒險者會獲得超越人智的力量歸來，也是在這時為人所知。

村長拿村裡有許多那樣的人做為條件，跟商人交易，整理出一個體系。

沒錯，整理。

沒人有能耐管理、統治冒險者。

不過，他們可以建立都市的體系，指揮商人，注意金銀財寶的流向。

不知何時，村長家成了冒險者的旅館，店長則成了「斯凱魯」工商組織的管理者。

時至今日。

「我說，不能跟住在旅館的冒險者說不去屠龍就趕走他們嗎？」

繼承歷代店長之名的「鬥神（杜爾迦）酒館」現任店長吉爾，長嘆一口氣。

「你可以試試看。我可不想連同旅館一起被魔法炸飛。」

「正好相反吧。要是有人敢做這種事，其他冒險者可不會置之不理。」

「最後就會演變成冒險者之間的爭執，把整座城市炸飛。」

某人苦笑著說。其他人聽見這自暴自棄的笑聲，紛紛閉上嘴巴。

「斯凱魯」是一無所有的村子。如今則是一無所有的都市。除了「迷宮」和人類。

供人類生活的物資需要從市外引進，購買物資需要金錢。

那些錢無時無刻都是從「迷宮」湧出的。

現在這個來源斷絕了。

必須自掏腰包採購生活所需的用品，總有一天會用完。總有一天。

慢性死亡——就算不是今天或明天，數個月、數年後的事情，沒人說得準。

至於那隻火龍能夠活多久——

「那可是神話傳說中的生物，應該長生不死吧。」

寄望屠龍的英雄會出現，又不是童話故事。這玩笑可不好笑。

這時，會所裡的年輕人靜靜走向吉爾，在他耳邊悄聲說道：

「大事不妙。鞋匠的兒子帶著幾個人潛入迷宮，揚言要驅逐那隻龍。」

「鞋匠的兒子。所以是……」

「舒馬克。」

「怎麼如此愚蠢……」

他註定活不了。連是否有可能得救、要不要去救人都不用考慮。

冒險者與非冒險者本質上就不同。進入「迷宮」這種事，不是一般人做的。

假使他真的順利適應環境，剛成為冒險者的人對上死亡之紅龍——不可能有勝算。

覺得自己做得到、自己沒問題、這點劣勢不算什麼，被激情沖昏頭是年輕人的特權。

同時，這種想法無時無刻都會害年輕人丟掉小命。僅此而已。

「錢的問題更嚴重。就算從會所的資金裡挪錢發給大家，也只是杯水車薪……」

「……吉爾先生。」

「這次又怎麼了？」

接著又一個人。吉爾面向一個接一個走過來的部下。

「有兩位冒險者，說自己是『寺院』的艾妮琪修女介紹來的……」

「艾妮小姐？」

吉爾眨眨眼睛。

「寺院」表面上並未參加工商組織。

不過，要在「斯凱魯」從商的話，「寺院」絕對不容忽視。

因為這座城市最富裕的，無疑是那間「寺院」。

更遑論是那位艾妮琪修女推薦的。

吉爾從未把她看成平凡的尼僧。

「帶他們過來。」

「是……」

過沒多久，被帶到會所的是——兩位少女。

雙方他都有印象。

打扮寒酸、戴著鐵枷、扛著大劍，髒兮兮的紅髮少年——不對，是少女。

別名廚餘(Garbage)、怪物吃剩的東西、賈貝吉的冒險者。

旁邊是異常高大的黑髮女孩。

戰戰兢兢、提心吊膽、可憐兮兮，拚命握緊手中的法杖。

不久前，她孤單地坐在酒館尋找夥伴的模樣，依然歷歷在目。

過沒多久，她便失去蹤跡，看到她最後在腰間配著一把劍回來時，吉爾鬆了口氣。

的。

即使沒有交集，看到別人冒險順利，會為對方感到高興的善心，他自認還是有

那把劍此刻也掛在她的腰間。吉爾瞇細雙眼。

「聽說兩位是由艾妮小姐介紹來的，請問有何貴幹？」

「ａｌｆ。」紅髮少女叫了聲，旁邊的貝卡南嚥下一口唾液，向前踏出一步。

「我們——」她說。聲音打顫、目光游移，卻明白地宣言。

「我們會……殺掉那隻紅龍。」

吉爾吐出一口長氣，默默瞇眼。嘴角上揚。

——就是因為這樣，我才放棄不了現在的工作。

他覺得自己很能體會祖先的心情。

＊

「……」

拉拉伽靠在會所的牆壁上，緊盯著巷子裡的暗處。

空洞的眼窩倒在地上。眼睛的部分凹陷，眼珠子被老鼠吃掉的，骸骨。

是貧民，還是落魄的冒險者？

把屍體搬到寺院好了?可是，這傢伙恐怕不會有復活的那一天。沒有意義。
不曉得從哪裡飛來的烏鴉沒抓到老鼠，停在骸骨上。老鼠拔腿就逃。
烏鴉用發出刺耳叫聲的那張嘴，吃起所剩無幾的臉頰肉。
就在這時，會所的開門聲響起，跟烏鴉的啄食聲重疊。
「喔，好了嗎?」
「嗯、嗯。」
「yap。」
是畏畏縮縮的貝卡南，以及臉上寫著「你還在啊」的賈貝吉。
態度形成反比的兩人一同走出會所，拉拉伽揮手迎接。
他並不懷疑這兩個人有沒有把事情辦好。某方面來說，她們踏進會所的瞬間就已經成功了。
拉拉伽離開牆邊，隔著賈貝吉站到貝卡南的另一側。
三人走在路上，拉拉伽的視線掃過人潮中散發疲憊氛圍的人們。
——目前沒有感覺到可疑的氣息……
王家的密探、身為冒險者的自己。經驗及實力根本不能比。
——直覺是一種經驗，也就是日積月累的努力。
伊亞瑪斯是這麼說的。既然如此，走路時戒備著周圍及後方，也是一種訓練吧。

雖然不想聽他的話，這麼做還真的有效——

「你不介意嗎？拉拉伽。那個……」

「啥？」

突然有人從上方呼喚他，拉拉伽用一邊的眼睛往上看。

「……屠龍的冒險者，會變得很有名……那個，會所的人也說……」

「我？我不適合啦。」

拉拉伽心想，這個叫貝卡南的人怎麼會在意這種奇怪的小事。

「想殺龍的是妳，必須殺龍的是那傢伙。跟我沒關係。」

但我會幫忙啦，拉拉伽補充道。貝卡南輕輕點頭應聲：「嗯。」

賈貝吉走在兩人之間，紅髮隨著輕快的步伐晃動。

拉拉伽瞄了她一眼，繼續戒備周遭，同時裝出一臉呆樣。

儘管八成沒有意義，他可不希望被那些密探覺得他在害怕。

與其當一個畏畏縮縮的膽小鬼，不如當一個跟女孩子——廚餘不包含在內——走在一起，得意洋洋的傻子。

這樣剛好。

「所以，順利嗎？」

「……呃，大概？」

「為什麼是問句啦。」

「因為……我又不懂要怎麼跟人交涉……」

連在村裡的時候，都不太會跟人說話。貝卡南這麼說。拉拉伽回道：「是喔。」

周圍——多少有一些在注意他們的視線。

黑杖的伊亞瑪斯的雜工。過得不錯的狡猾小鬼。廚餘。以及巨人女。

先不說廚餘，貝卡南——嗯，就拉拉伽看來，她確實是會受到注意的女孩。

若她抬頭挺胸，想必會有數不清的人想來搭訕她。

但他也不是不能理解不想跟那種人說話的心情。

「斯凱魯」現在，本來就開始瀰漫討厭的氣氛。有那種臭味。

沒辦法去地下迷宮探索的冒險者，準備轉行當都市冒險者的徵兆。

要做的事沒有變化。

探索、破門衝進房間、殺死居民、搶奪寶箱，避開在路上徘徊的人逃跑。

僅僅是地點從地下變成地上，從迷宮變成都市。

拉拉伽隱約明白了伊亞瑪斯命令他『今天你也跟過去』的理由。

當然不是出於對賈貝吉和貝卡南的關心。

而是因為賈貝吉和貝卡南容易被盯上，要他保護兩人，當成一種訓練——

——中了他的計，可惡。

「總之，我們跟會所的大人物——是會長嗎？說到話了。艾妮真厲害。」

「對啊，連這傢伙都不敢不聽她的話。」

「……woof。」

聽見艾妮的名字，賈貝吉嚇得抬起頭，卻只有瞪著拉拉伽低吼。

雖說被瞧不起了，她不得不承認自己敵不過那號人物，嗎？

——她是這傢伙的弱點。

「alf……！」

「好痛……!?」

然而，下一秒拉拉伽就被用力踹飛，迎來抗議的吠叫。

貝卡南似乎從這段互動中找到了令人心安的要素，微微揚起嘴角。

她等待拉拉伽揉著腿站起來，接著說：

「然後呀，他們說如果真的把龍消滅了，會給我們錢……不過這也是當然的啦。」

「名字和長相有給對方記住了吧？」

看到緩慢前行的貝卡南和賈貝吉，這個問題可以說根本不用問。

駝著背、低著頭走路的貝卡南卻高興地回答：

「嗯，所以，呃……目的？應該有達成。這是第一步對吧？嗯……」

「對啊，不先讓人家記住妳們的長相和名字，就沒意義了……」

「……嗯。」

「剩下要做的就是進入迷宮，殺龍，回家。就這樣。」

「…………嗯。」

她的回應沒什麼精神。賈貝吉無奈地叫了聲：「ｍｏａｎ。」

拉拉伽難得跟她有同感。

拉拉伽隔著賈貝吉的頭，仰望走在旁邊的貝卡南。

明明在仰望，他注視的卻是低著頭的少女，真奇妙。

她跟眼神游移不定的金眸四目相交。

「要殺龍的人是妳，事到如今可別害怕。」

「我！」她的聲音一下子往上飄，身體也跟著往上跳。拉拉伽躍向後方，免得撞到她。「……我沒有，在害怕。」

「那妳是怎樣？」

「……應該是，緊張。」

「就是在害怕嘛。」

「不是啦……！」

貝卡南拚命抗議。拉拉伽沒有要否定的意思。

——好啦，我懂妳的心情。

不是怕龍。純粹是擔心會不會順利。

不負責任地跟她說「失敗也沒關係」，一點意義都沒有。

因為失敗後要負起責任的，終究是當事人。儘管現在這個情況，拉拉伽也跟她坐在同一艘船上。

他停下腳步，雙臂環胸，沉吟著思考。

貝卡南跟著停下腳步，賈貝吉亦然，無奈的神情彷彿在說「這傢伙搞什麼鬼」。

他很快就想到自己該說什麼，同時又不想說出口。

「……『祈禱』吧。」

「那是伊亞瑪斯說過的……？」

「對。」所以他才不想說。拉拉伽皺起眉頭。「只能祈禱了。」

祈禱能遇到龍。祈禱跟龍戰鬥時能占上風。祈禱能殺掉龍。

提升能力、整頓裝備、制定戰略、召集同伴、潛入迷宮，最後還是只能祈禱。

沒有任何一件事是可以確定的。迷宮內部沒有絕對的保障。

拉拉伽緊咬下唇，邁步而出。賈貝吉小步跟在後面。

「……意即，那就是冒險。」

貝卡南在原地杵了一段時間，不久後下定決心，走向大街。

冒險者的旅館近在眼前。

＊

「所以你們不出動嗎？」

「我們出動也沒意義。」

「說得也是。」

「杜爾迦酒館」的角落，伊亞瑪斯點頭附和賽茲馬。

眼前的人不只賽茲馬。

塔克和尚、盜賊莫拉丁、精靈莎拉，抱著胳膊沉默不語的霍克溫。

六位冒險者（All Stars）仍舊少了一個人。

「復活不了普羅斯佩洛嗎？」

「怎麼可能。」莎拉嗤之以鼻。「我們是在為賈貝吉妹妹著想，伊亞瑪斯。」

「可憐了普羅斯佩洛……」

「講話注意點。」

莫拉丁發出「咿嘻嘻」的竊笑聲，塔克和尚從旁訓斥他。

「他是我們用來拒絕工商組織委託的藉口。」

「如果他復活，我們就不得不出馬囉。」

賽茲馬哈哈大笑，拿起倒滿酒杯的麥酒，喝得津津有味。喉嚨還發出了咕嘟聲。

「現在陪你們去屠龍，會被人覺得我們出爾反爾。這樣有損形象吧？」

「所以這是我們的貼心之舉，伊亞瑪斯。貼心之舉！」

莎拉拿著空杯子敲打圓桌。四周的冒險者紛紛往這邊看過來。

黑杖的伊亞瑪斯。搬運屍體的伊亞瑪斯。他在跟群星聊什麼？

人們的視線有的是出於厭倦，有的是出於單純的好奇心。

大部分的冒險者都會避開風險，不在有紅龍徘徊的期間潛入迷宮。

相對的——極少數的人有能力逃過龍的法眼，繼續探索。

他聽見有人在咕噥道「會怕龍的話，哪能潛入迷宮」。伊亞瑪斯微微一笑。

「會怕瓦德納的話，哪能潛入地下迷宮。」

他將麥粥扒進口中，吞下這句自言自語。

然後望向臉紅的精靈女孩。最近見到她的時候，好像都是酒醉狀態。

「妳喝得挺多的。」

「當然要喝啊。大喝一場。怎麼可能忍得住不喝。」

識相的莫拉丁不是拿酒壺，而是拿水瓶倒滿空杯。

莎拉疑似沒有發現。她大喝一口，抱怨這杯酒太淡了。

她自己從酒壺裡倒酒，這次舔了一小口，瞪向伊亞瑪斯。

「你要帶賈貝吉妹妹和貝卡南妹妹去屠龍對吧？」

「是啊。」

伊亞瑪斯想了一下後回答。他覺得「帶去」這個說法不太對。

她們──更正確地說，是貝卡南要去屠龍，所以他們是自願去的。

這次的探索幾乎跟伊亞瑪斯的意思無關。

「你好像很樂在其中，我看不順眼。」

「莎拉，這叫遷怒吧？」

「莫拉丁，你閉嘴。」

莎拉喝止了調侃她的圃人盜賊，狠狠盯著伊亞瑪斯。

「我的意思是，我不爽看你樂在其中的樣子。」

「唔。」

伊亞瑪斯摸摸下巴。他沒有那個意思，不過，或許吧。

「事實上，嗯，我不否認。」

許久──真的很久──沒有進展的探索進度，在慢慢推進。

於迷宮淺層徘徊，只是尋找屍體拖回去的生活即將結束。

賈貝吉和拉拉伽變強了，還多了貝卡南這位新成員。能做的事變多了。

目的也是。雖然還是一樣要往迷宮的最深處前進，途中的目的增加了。

屠龍還不賴。

樂在其中——經她這麼一說，確實如此。

「那就給我心存感謝。」

「感謝嗎？」

「感謝賈貝吉妹妹、拉拉伽、貝卡南妹妹。」

再加上艾妮。莎拉噘起嘴巴。

「當然還有我們。你又不是要單打獨鬥。」

「嗯，妳說得對。」

伊亞瑪斯表示同意，思考片刻，吃了口麥粥。咀嚼，吞下。

「那麼等我回來，請妳喝一杯。」

「就這麼辦。」莎拉拿著酒杯甩手。「而且我也不想慘賠。」

「慘賠？」

「咱們在打賭。」

莫拉丁咧嘴一笑。

「賈貝吉和貝卡南，廚餘和巨人女能不能幹掉那隻火龍。」

「靈魂消失、化為灰燼、屍體、生還、勝利。」霍克溫低聲說道。「賠率最高的是勝利。」

「要檢查死因可是很辛苦的說。」

「怎麼拿這種事賭博……」

塔克和尚不悅地皺眉搖頭。這種行為似乎令矮人老主教不太舒服。

莫拉丁卻壞笑著說：

「有什麼關係？賈貝吉小妹和貝卡南小妹有點名氣耶。」

廚餘——怪物吃剩的傢伙，以及身高高人一等的魔法師女孩。

屢次潛入有火龍徘徊的迷宮。取得成果。

再加上前幾天的宴會，這兩個人現在在「斯凱魯（All Stars）」——十分受到矚目。

注意她們動向的人也變多了。跟站在最前線的六位冒險者一樣。

「咱不知道詳細情況啦，不過如果有辦法把賈貝吉小妹拱上英雄之位，沒道理不去利用吧。」

「確實如此。」

這是伊亞瑪斯想不到的伎倆，也可以說沒想過。

對他而言，世界只有迷宮內和迷宮外之分。

「好主意，莫拉丁。」

「既然你這麼想，就讓我賺一筆唄，伊亞瑪斯。」

「我也被莎拉逼著掏錢出來。」

賽茲馬發出快活的笑聲。

——是群好相處的人。

伊亞瑪斯不討厭他們。他對這些人的實力及個性抱持好感。

但也只有這樣而已。他沒想到自己會如此深受信用——信賴。

假如立場對調，伊亞瑪斯認為自己八成不會跟他們做同樣的事。

他完全沒打算要改。

同時也沒打算糟蹋他人的好意。

所謂的殺手鐧就是要維持適度的神祕感。中立、中庸、均衡是很重要的。

「看來我非得讓你們贏下這場賭局了。」伊亞瑪斯笑道。「這叫作弊喔。」

「不穿幫就行，不穿幫就行。」

莎拉不屑地哼氣，隨手將幾個小瓶子扔到桌上。

是裡面放著小石子的小瓶藥水。「治療（迪奧斯）」的藥水。

伊亞瑪斯感激地收下，放入懷中。

「別讓我賠錢喔，密芬。」

賽茲馬厚實的手掌用力拍在他肩上。

伊亞瑪斯聳了下陣陣發疼的肩膀，一口氣將剩下的麥粥扒入口中。
為求勝利，必須努力攝取食物，補充睡眠。

＊

「好，出發吧！」
眼睛都還沒合上，太陽就從地平線升起，亮白色的陽光透過雲層灑落城外。
艾妮琪修女站在迷宮入口處，笑容滿面地朝這邊揮手。
換個情況，那開朗的笑容會讓人誤以為她要跟男人幽會——
「既然要去屠龍，我也不能坐視不管。請讓我陪同！」
前提是修女服外面沒有穿著閃亮的鎧甲，手上沒有拿著冰冷的晨星錘（Morning Star）。
「咦。」
貝卡南目瞪口呆，眨了兩、三次眼睛，重新觀察她的穿著。
拉拉伽一副不出所料的樣子，賈貝吉則露出複雜的表情。
「Ｙｉｋｅｓ……」
黑杖的伊亞瑪斯無視同伴們的反應，站上前。
「前排？後排？」
「你是哪邊呢？」

「我是，」伊亞瑪斯笑道。「後排，畢竟我是魔法師。」
「……」
艾妮琪一瞬間露出極其嚴肅的神情，似乎真的很煩惱。
「……那我待在後排。因為我是僧侶。」
「行。」
短短幾句對話，伊亞瑪斯就乾脆地允許這名銀髮精靈同行。
「……這樣好嗎？」
貝卡南嘀咕道，拉拉伽聳肩回應。
到處宣傳她在武器店的事蹟，對艾妮琪修女不太好意思。
——對了，她今天不是用劍耶。
拉拉伽沒有將內心的疑惑問出口，因為理由想必會是「我是僧侶嘛」。
「請大家多多關照。」
艾妮琪俐落地站到隊伍後排，向一行人鞠躬。
看到掛在貝卡南腰間的劍，面露疑惑。
「妳明明是魔法師，卻帶著一把劍呢，前幾天也是。」
「咦，啊，嗯、嗯。」貝卡南頻頻點頭。「很奇怪……嗎？」
「怎麼會，不奇怪。」艾妮琪修女露出優雅的微笑。「我覺得很好。可是——」

看到貝卡南站在自己**前面**，她皺起眉頭。

「……妳不退到後方嗎？」

「沒關係。」貝卡南慎重地觀察她的臉色，點點頭。「因為我帶著劍。」

「原來如此……」

早知道我也帶劍來……拉拉伽決定假裝沒聽見這句自言自語。

＊

迷宮地下一樓。剛走下樓梯的那塊區域鴉雀無聲。

平常會聚集一堆冒險者的地方，如今半個冒險者都看不見。

原因除了進迷宮探索的冒險者減少了，最重要的是——

「那隻龍不是墓室的守護者，是遊盪怪物。」

空蕩蕩的空間中，伊亞瑪斯毫無起伏的聲音也同樣空虛。

「他們應該是覺得與其停留在固定一個地方，不停移動更安全。」

「真的會比較安全嗎？」

「不想遇到牠的話，換成是我就不會移動。」

「Ｈｍｍ……」

賈貝吉不知道有沒有聽懂，或者根本沒在聽。

她一如往常，快步帶頭走向昏暗的迷宮——

「啊，等一下……！」

貝卡南急忙制止她，賈貝吉停下腳步回過頭，看起來非常不滿。

「arf？」

「……跟我叫妳停的時候態度差真多。」

拉拉伽板起臉。這傢伙從來沒有聽我的話停下來過。

算了。拉拉伽也抬頭望向身旁的貝卡南，想知道她的用意。

「呃，那個，我……這個……」

她提心吊膽，用生澀的動作將腰間的魔劍拔出劍鞘。

發出清脆出鞘聲亮出劍身的那把劍——正在燃燒。

整把劍散發皎潔的白光，閃耀著。

甚至在發出細微的鏗鏘聲震動。

拉拉伽覺得，儼然是在尋找獵物的賈貝吉。

「……大概有龍……」

「真正的屠龍劍嗎……真是太棒了。」

艾妮琪修女神情陶醉，嘆了口氣。

貝卡南害臊地說：

「還不知道是不是真貨啦。」

在「迷宮」發現的屠龍魔劍大多沒有幹勁，此乃人盡皆知之事。

「不過，只要照這把劍說的前進……大概……」

「就能找到龍，的意思囉。」

好一段時間都在盯著皎潔劍刃看的艾妮，清了下嗓子。

「『密姆阿利夫（巨大的盾牌啊）　佩桑梅　雷　費切（速速自遠方而來）』。」

接著是。

「『光啊（密姆伊）　顯現吧（沃烏阿利夫）』。」

她連續施展兩個法術。

效果十分顯著。

拉拉伽覺得有一層目不可視，但確實有觸感的薄膜包覆住全身。

「Ugh!?」賈貝吉吠叫的原因，八成是周邊一帶被柔和的光芒籠罩了。

她驚訝地摩擦全身，環顧四周。

由微光照亮的迷宮——不知為何，看起來像無限延伸的纖細鋼骨。

但只有一瞬間。眨眼過後，眼前的景色便恢復成冰冷的石造迷宮。

不過，能夠看清比平常更遠的距離就值得驚嘆了。

「『大盾（馬波非克）』和『光明（密爾瓦）』嗎？」伊亞瑪斯語帶懷念。「不是用『增光（羅密爾瓦）』？」

「我用這個做為替代。」

艾妮點頭回應伊亞瑪斯，像在歌唱般施展第三個法術。

「『拉阿利夫(吾之六識啊) 塔烏夫(填滿) 密姆阿利夫(天空) 佩切(吧)』。」

這一次，拉拉伽搞不懂發生什麼事。

「是『識別(拉茲馬皮克)』……」

貝卡南用顫抖著的聲音低聲告訴他。

可是就算知道法術的名稱，拉拉伽也不知道是什麼樣的法術。

艾妮把手放在胸口，吁出一口氣，展露微笑。

搖晃長耳，看起來有幾分得意。

「這樣就能看見敵人的身影了。用來找龍很方便吧？」

「確實。」

「喔……」

拉拉伽忍不住感嘆。他從來沒有被人連續使用這麼多法術。

得知賽茲馬不便前來——因為他拒絕過這件委託——時，他還有點不安……

——這樣看來，說不定不會有問題。

覆蓋全身的法術的守護，再值得信任不過。

他伸長手臂，彎曲膝蓋。沒有妨礙行動的跡象。非常好。

賈貝吉依舊一頭霧水，在身上摸來摸去檢查異狀，應該用不著擔心。

拉拉伽甚至覺得，如果她因此變得安分一點，說不定更好。

——真不錯。

而且這次帶在身上的行李也不多，看來行動不會受到妨礙……

「對了，水和糧食……這麼少夠嗎？」

負責下達指示的人是伊亞瑪斯。既然艾妮琪也要參加，這些量足夠嗎？

伊亞瑪斯心不在焉地點頭。

「只是要找到龍殺掉。順利的話，不會花太多時間。」

「……萬一不順利呢？」

「那就用不到糧食了。」

拉拉伽發出乾笑。貝卡南錯愕地看著這邊。

他覺得自己多少瞭解伊亞瑪斯總是露出空洞笑容的感覺了。

雖然只是覺得而已。

＊

鏘啷鏘啷。

熟悉的聲音在熟悉的道路上迴盪。

拉拉伽扔出的「爬行金幣（Creeping Coin）」在石頭路上彈跳，回到手中。

儘管這條路已經走過無數次，他實在改不掉這個習慣。

「我明明有用『光明（密爾瓦）』……」

艾妮琪修女苦笑著說。

「去跟伊亞瑪斯抱怨。」

拉拉伽一句話將責任推得一乾二淨。不是我的錯。

前進了一段時間，抵達轉角——岔路時，換了一個人引路。

「喂。」

「嗯、嗯……」

貝卡南緩慢上前一步，將手中的魔劍指向十字路口。

閉上眼睛，集中注意力。右邊、前方、左邊。魔劍發出鏗鏘聲。

「……大概是，右邊，吧？我想是這邊……」

「ｗｏｏｆ!!」

賈貝吉立刻吠叫，奔往貝卡南用劍指向的方向。

拉拉伽嘖了聲追過去，抓住她的後頸把她拽回來。

「妳喔……！這裡有龍耶，不要亂跑啦……！」

「ｙａｐ……！」

拉拉伽無視她的抗議，好不容易用一隻手在包袱裡找到地圖。

看到他慢了一步才取出地圖，伊亞瑪斯說：

「你忘記了對吧。」

拉拉伽板起臉，回過頭。

「……不要講那種害人不安的話……」

「沒出問題。」伊亞瑪斯甩甩手。「別放在心上。」

「真是的……」

拉拉伽抱怨道，低頭看著地圖。即使是走過這麼多次的路，不重新檢查一次，他還是不敢放心。

指尖沿著畫滿方格的迷宮描繪，確認現在位置……

「……前面是墓室喔？」

「咦，可是，我……」貝卡南低頭望向魔劍，沒什麼自信的樣子。「覺得是這裡……」

「以龍所在的方向來說，大概沒錯。」

伊亞瑪斯看不下去，從後方插嘴。

「只不過是直線距離。」

「啊……原來如此。」

拉拉伽再度望向地圖。

他聽見艾妮在輕笑著說：「你把他們照顧得很好嘛。」

伊亞瑪斯八成在聳肩。不用看也知道。

「知道要往哪個方向走，總比不知道好。我看看……」

要繞路走，還是要穿過墓室直線前行？拉拉伽無法判斷。

「……要怎麼辦呢？」

「怎麼辦呢……」

他不禁跟貝卡南面面相覷，就在這時。

「hooooowl!!」

賈貝吉吠了聲，以迅雷不及掩耳的速度於走道上狂奔，踹破墓室的門。

——我就知道……！

拉拉伽的臉垮了下來，嘴角卻微微上揚。與其煩惱，這麼做更輕鬆。

「喂，要走了……！」

「啊，嗯、嗯……」

而且，他早已習慣。

拉拉伽追在賈貝吉後面衝進墓室。貝卡南慢吞吞地跟上。

一行人踩著被踹倒的門蜂擁而入，賈貝吉瞪著黑暗的墓室。

迷宮的黑暗。黑暗的正中央，有某種生物。

拉拉伽的視線迅速掃過被「光明（密爾瓦）」照亮的墓室內部。沒東西——沒東西，不對。

那陣嗡嗡聲——他曾經聽過。

「上面嗎……！」

這種振翅聲。是蒼蠅，不——

他仰望天花板。與伊亞瑪斯一同追上三人的艾妮，瞄了上方一眼。

「噢——是大蜻蜓（Dragonfly）。」

利嘴如同箭雨，從天而降。

＊

「名字裡是有龍啦。」

「確實。」

艾妮隨手揮下的晨星（Morning Star），無情擊落飛過來的甲蟲。

伊亞瑪斯的黑杖貫穿在地上掙扎的蟲子，將其釘在上面，了斷牠的性命。

他用長靴踐踏滲出的體液，說了一句話：

「重頭戲在後頭。把法術省下來。」

「話是這麼說……！」

拉拉伽的身體大幅後仰，閃過伴隨破空聲飛來的駭人巨嘴。

沒錯，閃過了。

從容不迫，看清敵人的動作，意識與身體連接在一起，輕而易舉。

——哎唷……!?

過去的戰鬥——對喔，那次也有遇到龍——浮現腦海。

當時的他光顧著防禦就忙不過來，不過現在……

「喝啊!!」

拉拉伽在跟牠擦身而過的瞬間揮下短劍，砍斷從臉旁飛過的大蜻蜓翅膀。

沒有靈活到能把短劍刺進外殼的縫隙間，也沒有力氣將牠從空中擊落。

但砍斷翅膀這點小事，以拉拉伽累積的經驗及技術是辦得到的。

「嘿、嘿咻……！」

大蜻蜓都墜落地面了，嘴巴依舊敲得喀喀作響，貝卡南朝牠揮下無力的一劍。

劍刃俐落砍斷蜻蜓的頭部，不曉得是魔劍威力驚人，還是這東西也算一種龍。

「我、我……做到了……!?」

「還有喔！」

「嗯、嗯……！」

貝卡南愣了一瞬間，聽見拉拉伽的吆喝，馬上面對下一隻大蜻蜓。

她設法用劍抵擋發出尖銳吼聲飛來的怪物，把牠擊落在地。

跟之前的大蜘蛛比起來——沒必要害怕。她或許是這麼想的。

至於賈貝吉。

「……Whoa?」

看到蟲子的嘴巴在離自己還有一點距離的位置被彈開，她感到困惑。

不過，她終於明白覆蓋全身的守護之力有利於戰鬥。

抬起來的臉上，浮現神似鯊魚的猙獰笑容。

「woof!!」

紅髮少女咆哮著舉起大劍，雀躍地衝進那群大蜻蜓之間。

然後掀起一陣大旋風。

她的戰鬥方式原本就是見敵就砍，自由揮舞大劍，現在勢頭又更加猛烈。

八成是覺得盯上她柔軟身軀的蜻蜓嘴和牙，都沒必要閃躲了。

不用思考，用劍砸下去即可。肯定愉悅至極。

「yap!yelp!!」

「啊，別跳來跳去，體液會噴過來啦……!?」

「嘿、嘿咻……嘿咻……！」

大劍呼嘯而過，漏網之魚則由短劍及屠龍魔劍收拾。
伊亞瑪斯和艾妮琪用刺球及黑杖毆打少數跑到後排的大蜻蜓，望向對方。
「認真栽培的成果如何呀？伊亞瑪斯先生。」
艾妮似乎心情很好。長耳得意地搖晃，彷彿表現良好的人是自己。
「這個嘛。」
伊亞瑪斯喃喃說道，看著三名前衛的戰況，點頭。
「看這情況，可以不用消耗法術了。」
「你喔……」
真是不長進。她的語氣參雜無奈與笑意，伊亞瑪斯聞言，也跟著笑了。

＊

——挺順利的嘛。
那是舒馬克最初的感想。
他並沒有瞧不起「迷宮」，也不奢望頭一次挑戰迷宮就殺得了龍。
不過，舒馬克是在「斯凱魯」出生、長大的。
他出生時，「迷宮」和冒險者已經存在於此。
小小的鞋匠兒子也明白，「斯凱魯」依賴著他們維生。

舒馬克屢次想過要像個「斯凱魯」的小孩，走上冒險者之路。

然後屢次被父親阻止。

父親經常這麼說。

『迷宮這種地方，不是人去的。』

舒馬克不以為然，卻還是乖乖聽話，從這個角度來看，他是個好兒子。

所以，他才決定採取行動。

自己的故鄉正在緩慢走向死亡，拯救它的方法只有一個，卻沒人願意去做。

——既然如此，我來……！

傳說中的勇者的後代、一輩子都在鑽研魔法的大賢者、村裡魯莽的年輕人。

全都只不過是「迷宮」裡最底層的弱者。

——那就沒有差別。

即使是鞋匠的兒子，不代表沒有資格挑戰。眾生平等。

「……進入第一間墓室，戰鬥，回去……對吧？」

「嗯，好像是……我在酒館聽說的，應該不會錯。」

帶上有著同樣想法的夥伴，購買粗製的武器整頓裝備。

踏進迷宮，無視岔路，直線前進，進入第一間墓室。

破門而入，與怪物——除了是人形生物外，看不出是什麼東西——交戰。

是場難看的戰鬥。

他自以為緊張歸緊張，自己還是挺冷靜的。然而一遇到敵人，冷靜便煙消雲散。

會死。殺掉。不妙。腦中只有這三個念頭，不明所以地揮劍。

回過神時，大家站在怪物的屍體上，喘得上氣不接下氣。

仔細一看，屍體是擁有狗或蜥蜴頭部的生物。可是，這並不重要。

「……沒人死掉……對不對？」

「喔，嗯……」

「大、大概……」

——挺順利的嘛。

他不否認「迷宮」是可怕的地方。

不過，沒有父親說的那麼誇張。

不會用魔法，僅僅是帶著武器的我們六個都還活著。

「……好，撤退吧。今天先這樣——」

「喂，打開了！」

墓室的一角傳來歡呼聲。

鎖匠的兒子成功打開寶箱，從中溢出的金光令他倒抽一口氣。

「斯凱魯」沉睡著大量的金幣。然而，並不是所有居民都有機會看到。

他們從未親手賺到這麼多財寶。

事後想想——舒馬克認為，他們應該是徹底被金錢沖昏了頭。

若有分歧點，就是在這裡。

「……要不要……再前進一段路看看？」

「對、對啊。」其中一人表示贊同。「還可以繼續前進。走吧！」

「都要去殺龍了，還只攻略一間房間就心滿意足地回去，這樣永遠抵達不了……」

想必有些人是在硬撐、虛張聲勢、不肯服輸，但他們的意見得到了統一。

走吧。舒馬克對其他人說，決定前往下一間墓室。

幸運再次降臨。或者——該稱之為不幸？

他們獲勝了。

在下一間墓室遇到的，是冒出噁心泡沫的黏稠黏菌。

一行人將黏菌包圍，用武器攻擊，搞得黏液四濺。寶箱也成功開啟了。

下一間墓室——再下一間墓室。

他們經歷一場又一場的戰鬥，獲得財寶，像被沖昏頭似地不斷前進。

然後發現——

「回去要走哪條路……？」

「咦……？」

看到同伴愣在原地，舒馬克立刻激動地逼問他：

「喂，你有畫地圖吧……!?」

「有啊，可是……」

舒馬克探頭望向攤開來的地圖。儘管畫得很粗糙，確實看得出路線。

不過——問題不是地圖。

抬頭一看，眼前的迷宮景色看起來沒有任何差異。

看不見盡頭的石板路、石造牆壁、於數步前遮蔽視野的異常黑暗。

前後左右，全是同樣的景色。

舒馬克啞口無言。

「怎、怎麼辦……？」

「是不是不太妙……？」

「……沒關係，前進吧。不用擔心。」

「說得也是，總會有辦法……」

「最好不要亂動吧……」

「留在這裡不動，誰會來救我們……！」

夥伴們，在地上的朋友意見也產生分歧。

必須由隊長做決定——舒馬克他們並不知道。

不對，就算知道這件事，八成也決定不了。他們是朋友。地位不分高低。

提議進迷宮冒險的人是舒馬克。可是，僅此而已。他並不是指揮官。

所以，沒人能夠決定行動方針。沒辦法做決定判斷現在該如何是好。

「總、總之先走吧……！總比在這裡坐以待斃來得安全。」

「喔、喔……」

他依然勉強發號施令，採取行動。但並不是每個人都同意。

齒輪逐漸錯位。

「不對，不是這條路……」

「是你說要走這邊的吧!?」

「那你就知道哪條路是正確的嗎!?」

逞強、亂來、魯莽行事是年輕人的特權。沒人有資格嘲笑他們。

然而，促使他們行動的勇氣正在慢慢熄滅。

看不見盡頭的深邃迷宮。周圍有怪物在徘徊，無法前進也無法回頭。

甚至有種石牆在往身上蓋過來的壓迫感。

呼吸急促。該怎麼辦？他下意識環視四方。

「……？」

因此——舒馬克是最先發現的。

掉在腳邊的小石子在微微震動。

——怎麼回事？

身體被震離地面。

地鳴在他開口提問前響起。

瀰漫於空中的——是令人不快的詭異臭味。

有東西在接近。某種生物。巨大的。駭人的。無法阻止的。

「什、什麼東西!?」

「喂、喂，這——————該不會是……!?」

這時，他們終於想起。

他們是為了打倒什麼，才踏進迷宮的。

「SSKREEEEEEEEEEEONK！！！！」

——————龍。

＊

強烈的熱風及瘴氣從走道灌進墓室，灼燒空氣。

「Eek!?」

「這是……!?」

賈貝吉尖叫一聲，閃到旁邊。貝卡南不知所措，低頭看著手中的劍。

劍刃燃燒著藍白色的光輝，鞘口發出尖銳的震動聲——燃起鬥志。

貝卡南抖了一下。

「……龍……！」

「不會錯……」

屠龍劍在咆哮。拉拉伽也沒有絲毫存疑。

那傢伙就在這間墓室前方，走道的對面。

當然，他們就是為了與之對決才來到此處。專注力(HP)也尚未消耗。辦得到。應該辦得到才對。

——可是……！

他感覺到握著短劍的右手十分僵硬，連「我們上吧」這麼一句話都說不出口。喉嚨隱隱作痛。

拉拉伽目光游移，回頭望向後排的伊亞瑪斯。

「願望成真囉。」

伊亞瑪斯笑了。

被「光明（密爾瓦）」照亮的迷宮中，唯有那塊區域彷彿有人形的黑暗佇立於此。

那東西其實沒有臉孔，不存在實體，僅僅是名為伊亞瑪斯的某種生物——黑影。

然而，那道黑影化為黑衣魔法師的形狀，一副發自內心感到喜悅的模樣低聲笑著。

伊亞瑪斯像要散步般，輕描淡寫地接著說：

「要上嗎？」

「我隨時可以。」艾妮琪修女搖晃長耳。「看大家囉。」

看大家……

我——拉拉伽心想。我要戰鬥。只不過，不該由我說出口。

「……喂。」

「咦，啊。」貝卡南眨眨眼睛。「我、我嗎……？」

「除了妳還有誰。」

——喔，不對。

「……Ｗｏｏｆ！」

賈貝吉幹勁十足地低吼著。

貝卡南盯著手中的屠龍魔劍。

部。

去砍。去殺。去戰鬥。響亮的震動聲，聽起來像在刺激貝卡南如此行動。

沒時間猶豫。她明白。從對面傳來的是硫磺的臭味。

龍的氣息。

沒道理放過這個機會。龍噴過火。照理說要再等一些時間，才能將氧氣吸滿肺部。

這是屠龍劍傳遞給持有者的意念，還是貝卡南自己的妄想，無人能知。

戰鬥的理由，不戰鬥的理由。是否會順利。是否是自身的意志。

貝卡南深深吸氣，吐氣。

「……我，要戰鬥……！」

她上前一步。第二步。第三步。踏出第四步，從站在門口的賈貝吉旁邊經過。

「arf！」

——被稱讚了。

為什麼會這樣想呢？

因為賈貝吉叫了聲，小步站到她身旁。她配合她的步幅，邁出第五步。

「拜託，亂跑的人有賈貝吉一個就夠了……」

拉拉伽也願意跟來。聽見他的抱怨，貝卡南揚起嘴角說道：「對不起喔。」

她沒來由地覺得，已經沒問題了。

身後還聽得見伊亞瑪斯跟艾妮琪的腳步聲。步數數不清了。

一行人穿過墓室，來到走道上。他們透過瘴氣得知前方不遠處就是那隻怪物，用不著跟隨魔劍的引導。

走道底部——原本設置在那裡的門扉，不曉得是被燒毀的，還是被人踢開的。

貝卡南下定決心，果斷走進張開大嘴的墓室。

——在那裡。

不是拜「光明（密爾瓦）」所賜。不是因為手中的魔劍在咆哮。

也不是因為門口旁邊倒著身穿半融解的鎧甲，氣若游絲的年輕人。

她伸出舌頭輕觸乾燥的嘴唇。

眼前的黑暗、暗處，趴在那裡的驚人存在感。

鮮紅色的巨大身軀形似融化的岩石，鱗片散發宛如水光的光澤。牠動了。

張開連天花板都能覆蓋的翼膜，拍動雙翼。挾帶瘴氣的風拍打在貝卡南的臉頰上。

長脖子高高抬起，嘴角露出一排連鋼鐵都能咬碎的利牙。

「你……」

聲音在顫抖。她握緊手中的魔劍。邁步。吸氣。挺直背脊，抬頭仰望。

「你、你或許……不、不記得……我這種小角色……」

目光灼灼的雙眼——龍**看到了**貝卡南。

貝卡南吼道：

「不過……我可沒忘記……！」

戰鬥揭開序幕。

第七章
Dragon

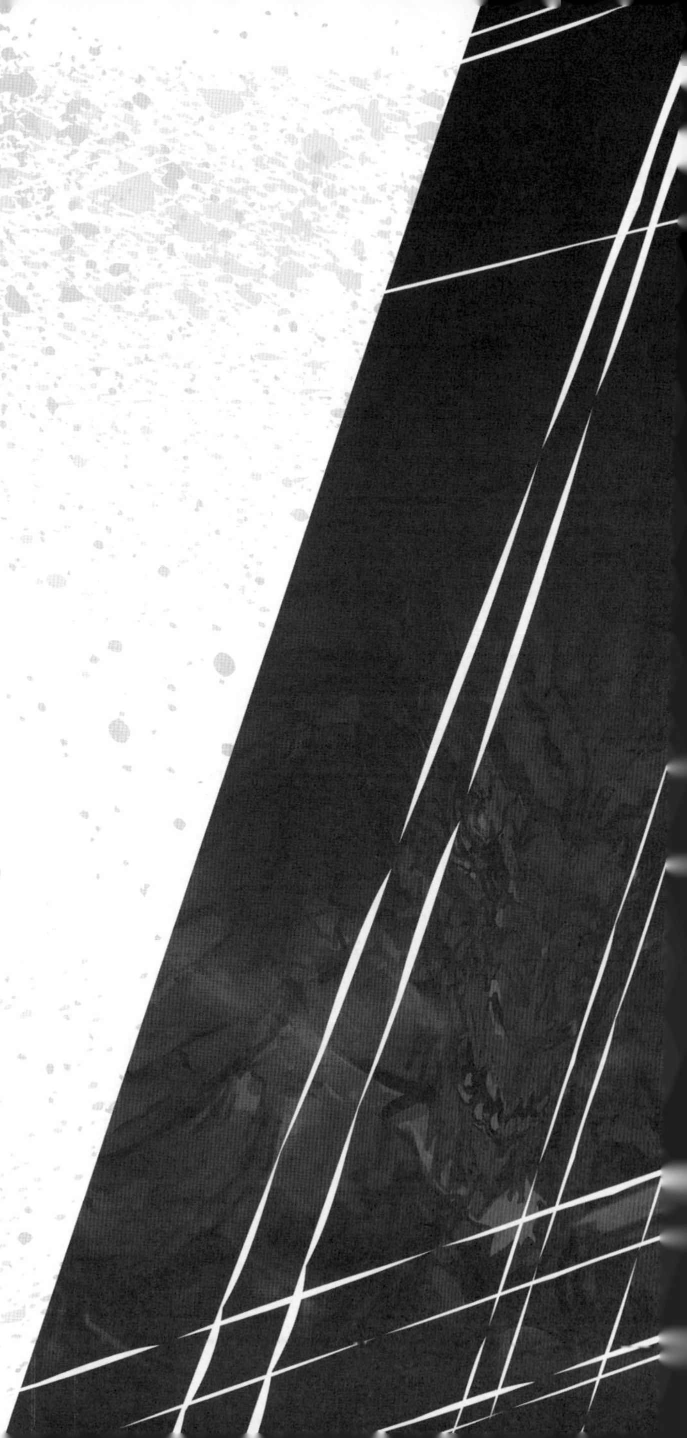

「SSSKREEEEEEEEEEEEONK！！！！」

消磨靈魂的龍吼（Dragon Roar）撼動墓室，空氣為之沸騰。

貝卡南暴露在光聽見就會大幅減少專注力（HP）的怪鳥聲中，死命向前跑。

「哇、哇！哇啊啊啊啊啊啊——！！！！」

像在被手中的魔劍拽著跑，卻非得由她自己踏出步伐才做得到。

明明恐懼、畏縮、顫抖不已，依然鼓起勇氣，所以貝卡南才會身在此處。

「我們上，別卻步啊……！」

「growl!!」

而正因如此，其他同伴——拉拉伽跟賈貝吉也跟上了她。

盜賊少年一面激勵自己，一面拿著短劍跑向右邊，紅髮少女則拿著大劍跑向左邊。

少年少女戒備著龍火，衝往三個方向，勇敢地跟龍對峙。

艾妮琪看著三人的背影，美麗的嘴唇勾起弧度。休想妨礙他們。

「『密姆桑梅（聲音如黑鐵般）　努恩（斷絕吧）　泰（言語）　努恩桑梅（無法成聲）』！」

優美的旋律自她口中傳出。具有真實力量的話語（True word）。等同於龍的語言。

這位銀髮修女很清楚，連魔導之力都能操縱的龍，智慧不容小覷。

貝卡南並未察覺到，「靜寂（蒙堤諾）」為龍的喉嚨套上了枷鎖。

她沒有那個心力注意其他事。再說，貝卡南連火龍會用魔法都不知道。

她只知道一件事。

——那傢伙的肺還沒膨脹起來……！

那是魔劍告訴她的知識，同時也是她本身的願望、希望。

她懷著這個希望，維持著不習慣的姿勢舉起魔劍，站上前，然後——

「咦——？」

她無法理解眼前那道在龍嘴深處閃爍的白光有何意義，呆站在原地。

「ROOOOOOOAAAAAAAAAAAAAAAAAAAR！！！！」

「嗚、啊!?啊啊啊!?好燙！好燙啊啊啊啊！！！？」

比起燙，更接近痛。皮膚被剝下，底下的神經被一把捏爛的劇痛。

填滿視野的白光及高溫，令貝卡南哭出聲來——

「嗚、嗚、嗚嗚嗚嗚嗚——————!!」

她舉起緊握在雙手中的屠龍魔劍，緊咬下唇。

既然殘留在肺部的空氣並不多，只要讓牠耗盡空氣即可。

狡猾的死亡之紅龍將屠龍魔劍視為敵人，沒有把其他閒雜人等放在眼裡，是不幸也是幸運。

只瞄準貝卡南一人的火焰灼燒她的身軀，劍尖卻劈開了火焰。

「大盾（馬波非克）」的守護仍未瓦解，她還有做為戰士訓練出的耐力（HP）。貝卡南竭盡全力站穩雙腳。

「這、種攻擊……除了痛……根本不算什麼……!!」

她的聲音雖然帶著哭腔，此時此刻，貝卡南確實在英勇地跟龍戰鬥。

從結果上來說，她等於挺身保護了同伴，吸引敵人，創造機會。

「喝啊……!!」

「ｗｏｏｆ……!」

拉拉伽與賈貝吉立刻從兩旁撲向火龍。

至少拉拉伽不認為自己的短劍傷得到龍。

他是盜賊，一開始就知道隊裡的主要戰力，無時無刻都是賈貝吉。

那個紅髮廚餘又吵又煩，跟野狗沒兩樣，唯有劍術不容置疑。

因此，他揮劍砍向龍的前腳、爪子的根部，好讓牠從貝卡南和賈貝吉身上轉移注意力。

同時在內心祈禱，希望至少能給牠帶來被蟲子叮咬的痛覺。

「ｂａａａａｒｒｒｋ!!」

賈貝吉抓準這個機會，雙腿於石板路上蹬地飛奔，將加速的力道傾注在大劍上。

分不出她是被如同鐵塊的大劍甩動，抑或是在翩翩起舞，纖細身軀使出全力的一擊。

倘若敵人是歐克，就算他抵擋住攻擊，身體也會像稻草卷一樣一分為二。

賈貝吉認為，即使是被龍鱗覆蓋，形似巨樹的腿部，沒道理砍不斷。

「哇!?」

「Eek!?」

「嗚噗!?」

火龍用前腳及尾巴輕易將兩人擊飛，大嘴襲向貝卡南。

爪、爪、牙、尾。三人的哀號響起。

拉拉伽被當成小石頭踢飛出去，於石板路上彈了好幾下，癱倒在地。

視野因為劇痛而扭曲、顫動，眼前是跟木屑一樣飛到空中的賈貝吉。

「ahhh！！！？」

這個聲音就像摔爛的水果。

她用力撞上牆壁，哀號著墜落於石板路上，一動也不動。

然而——更慘的是貝卡南。

「嗚咿!?呃？嗚……!?嗚啊！！！？」

拉拉伽趴在地上，抬頭望向慘叫聲的來源。驚悚的喀哩喀哩聲。

是肉和骨頭被整個咬碎的聲音。內臟被嚼爛，吞入腹中的聲音。

貝卡南雪白的四肢從牙齒縫隙間露出。每當火龍咀嚼，都會跟著抖動。

她竟然還活著，真是不可思議。多虧守護的法術。又欠艾妮琪修女一個人情了。

既然自己都還活著，賈貝吉也不會有事。貝卡南也還沒死。所以只能趁現在。

不過，該怎麼辦？拉拉伽不知所措，咬緊牙關。

「唔、喔、喔、喔……」

無論是骨頭斷掉還是內臟爛掉，只要四肢動得了，就給我站起來，移動，戰鬥。

冒險者每進入一次「迷宮」，都會慢慢脫離人類的領域。既然如此，自己也不例外。

拉拉伽不知道這是否為真。但他選擇相信。現在支撐他行動的，只有這個想法。

——必須想辦法。要想辦法脫離困境……!!

「『密姆阿利夫（擁有石心之人）　努恩伊（在光芒面前）　佛桑梅（顯現應有的身姿）』！」

誠可謂神助。

艾妮琪修女高聲朗誦的「雕像（馬尼佛）」的光芒，束縛住火龍的身體。

拉拉伽不知道，此乃第二階段，在「迷宮」裡面位居倒數的弱小法術。

無論如何都不可能讓可畏的死亡之紅龍的肉體，變得跟雕像一樣僵硬。

頂多只有一瞬間——但對於單手結好法印的伊亞瑪斯而言，這一瞬間就足夠了。

「『達魯伊拉（黑暗啊） 塔桑梅（來吧）』！」

「黑暗（迪魯特）」。同為第二階段的法術，將冒險者阻擋在火龍的視線範圍內。

跟藉助護符之力的艾格姆比起來，力量完全無法相比，不過黑暗終究是黑暗。

龍的身體變僵硬，視野又被黑暗遮蔽。既然如此，要做的事只有一件。

「搞、什麼鬼啊啊啊啊啊——！！！」

拉拉伽怒罵痛得彷彿全身的骨頭都散了的身體，於墓室內狂奔。

他先從失控的龍腳邊衝過去，扔出嬌小的身軀。

剩下就不用看了。他是往伊亞瑪斯的方向扔的。交給他即可。

「唔、啊啊啊……!!」

接著，他馬上折返，救出從龍牙之下得到解放的貝卡南。

每當她的身體抽搐，鮮血就會從傷口溢出。可是還活著。那就夠了。

拉拉伽彷彿在用紅色顏料於地面作畫，將貝卡南拖回來。

目的地是舉著晨星（Morning Star）和盾牌，保護伊亞瑪斯和賈貝吉兩人的艾妮琪身邊。

「a……h……」

「沒死。」

賈貝吉被伊亞瑪斯抱著，不停抽搐，呼吸聲也並不尋常。

沒死，但最好把她當成幾乎沒有意識。八成撐不了多久。

治療的手段不多，卻不是沒有。更重要的是，如果她死在這裡，又要多一筆復活費。

伊亞瑪斯迅速用手指按住賈貝吉的下巴，撐開她的嘴。

鮮紅的血液溢出，推測是撞到牆壁時咬到舌頭了——不僅如此，舌頭還堵住了呼吸道。

「gurg……gurgle……le。」

賈貝吉的喉間傳來模糊的咕嘟聲，她被自己的血和舌頭弄得無法呼吸了。

伊亞瑪斯毫不在意被她咬傷，立刻把手指插進去，拉出賈貝吉的舌頭。

然後扶著她的後腦杓，抬起下巴，打開「治療（迪奧斯）」的藥水含入口中。

乾脆地吻住懷裡的賈貝吉，用嘴巴將藥水餵給她。

不久後，纖細的喉嚨發出吞嚥聲，稍微動了下。

「————……………!?」

相當有效。

瘦小的身體用力彈起。藍眸圓睜，無神的雙眼恢復光彩。

「——……Ew!?」

賈貝吉果斷地往伊亞瑪斯的嘴唇咬下去，從他懷裡掙脫。

眼中帶有抗議的情緒，彷彿在質問他有何企圖。一如往常的模樣，完全看不出前一刻還是瀕死狀態。

「snaaaarl……!!」

「很好。」

伊亞瑪斯用袖口擦拭從手指和嘴唇滴落的血液，把藥水瓶扔給對他低吼的賈貝吉。

「喝了它。還沒結束。」

「……woof!」

賈貝吉目光凶狠，疑心重重，卻還是喝光了那瓶藥水。

伊亞瑪斯見狀站起身。正在咆哮的龍。拉拉伽，以及貝卡南。

「艾妮。」

「是！」

交換（switch）位置。

艾妮琪代替拿起黑杖上前的伊亞瑪斯，跑到貝卡南他們身邊。

黑杖發出清澈的聲音，擋掉如字面上的意思盲目揮動的紅龍爪牙。

拉拉伽背對著這場戰鬥，氣喘吁吁。嘴裡好像要吐出血塊了。

「會得救……吧!?」

「好、痛……」貝卡南啜泣著。「痛……」

「會的，請放心。」

艾妮展露柔和的微笑。不適合出現在這個場合，卻令人心安的可靠微笑。

「經歷如此壯烈的戰鬥，卡多魯特神不可能找不出她生命的價值……!」

艾妮琪修女誠心相信，你們不該在這裡走到盡頭。

因此，朝向拉拉伽跟貝卡南的掌心，亮起溫暖的光芒。

「『達魯伊（生命之力啊）　阿利夫拉（盈滿）　密姆阿利夫（四方吧）』……」

「大治（迪亞魯瑪）」的治癒效果瞬間滲透拉拉伽體內，接合骨肉。

貝卡南亦然。沾滿暗紅色血漬的蒼白肌膚浮現血色，逐漸恢復熱度。

被無情撕裂的肉也冒著泡沫膨脹起來，變得跟原本一樣光滑無瑕。

「……謝、謝……妳……」

「抱歉，謝了……!」

「兩位應該不會問我為何不用『快癒（瑪迪）』吧。」

艾妮琪以靦腆的微笑回應兩人的道謝，伊亞瑪斯在同時開口呼喚。

「喂。」

手持黑杖的冒險者閃掉連「黑暗(迪魯特)」都已經掙脫的火龍的攻擊，吆喝道：

「這傢伙開始吸氣了……！」

「……真的假的……!?」

拉拉伽大聲哀號，用恢復力量的身體拿起短劍。令人驚訝的是，他居然沒把武器弄掉。

貝卡南、賈貝吉也一樣，雙手仍舊緊握著武器。

他無法判斷這是否代表以一名冒險者來說，他們有所成長——

「怎麼辦？又要逃走嗎!?」

「ｇｒｏｗｌ!!」

賈貝吉問都不用問。她高舉大劍，鬥志絲毫未減。

「我倒覺得牠不會那麼容易放我們逃走。」

艾妮琪修女也笑咪咪地舉起晨星(Morning Star)和盾牌。

她語帶遺憾地咕噥：「早知道就帶劍來。」拉拉伽望向貝卡南。

「…………」

她的臉色有點蒼白，握緊不停震動的魔劍。

面對仇敵，熊熊燃燒的劍刃仍在低吼——至於持有者，就暫且不提了。

「我、」乾燥的喉嚨擠出微弱的聲音。「我——」

「不用那麼悲觀。」

伊亞瑪斯躍向後方閃躲攻擊，簡短說道。

火龍————並未追擊。

迷宮中，狂風大作。乾燥的風從身旁吹過。

火龍抬起長脖子，張開嘴，正在將空氣吸入肺部。

當瘴氣充滿牠的肺部，到時候，到時候就真的——

「因為妳確實在跟火龍交戰。」

「……！」

貝卡南咬緊牙關，站起身，手持屠龍魔劍。

眼前是巨大的死亡之紅龍。炙熱的氣息燒盡一切的時刻一分一秒逼近。刻不容緩，沒時間猶豫。貝卡南清了下嗓子，大聲說道：

「那、那個……我……有個，主意……！」

「既然如此，」伊亞瑪斯揚起嘴角，看起來十分愉快。「就這麼辦。」

＊

「SSSKREEEEEEEEEEONK！！！！」

這一幕儼然是方才的重現。

面對咆哮的火龍，三名冒險者往三個方向散去。

目光懾人的龍眼卻瞪著後排的黑衣男、精靈，以及──

「嘿、呀、啊啊啊啊啊啊啊……!!」

拚命吆喝，顯得分外滑稽的高大少女手中的魔劍。

必須殺掉牠。若不將其消滅，到時死的就會是自己。因為那把劍正是龍的天敵。

可是對死亡之紅龍來說，持有魔劍的小丫頭──不構成任何威脅。

都被無情咬碎了，好不容易撿回一條小命，還要繼續與牠為敵，這愚蠢的腦袋倒是值得讚許。

但她並不是戰士，高大的身軀只是虛有其表，是沉醉於魔劍之力的……柔嫩處女。

活了這麼久還會因為處女的血肉而興奮，牠自然沒有那麼青澀，不過那股滋味驅散了覆蓋大腦的迷霧。

突然被拽進這個洞穴，一群無禮之徒把牠當成家畜一樣下達命令。

牠完全沒有要聽話的意思，也沒道理維持現狀。

此時此刻，火龍打算先毀掉屠龍魔劍，做為用烈火燒盡大地的前哨戰。

「ROOOOOOOAAAAAAAAAAAAAAAAAAAR！！！！」

火龍透過牠的吐息，解放積蓄在肺部的高溫及瘴氣。

正是燒毀世間萬物，最大最強的龍息。

儘管不及傳說中的「核擊（堤魯特威特）」，這可是足以與第四階段的「炎嵐（拉哈利特）」匹敵，或者威力更甚的業火。

面對連靈魂都會被燒光，直接消失（Lost）的灼熱地獄，貝卡南——

「伊亞瑪斯，艾妮琪！」

貝卡南心中已經沒有迷惘。

「我配合妳。」伊亞瑪斯冷冷說道。「照妳的意思做。」

「請便!!」

「嗯！」

聽見艾妮的回應，貝卡南點了下頭，開口。她知道伊亞瑪斯也跟著開口。聲音重疊。詠唱。

「『赫亞（火焰）萊（啊）塔桑梅（來吧）』！」

儼然是輪唱。

第一階段，在「迷宮」內部是不值一提的基礎中的基礎，貝卡南學會的奧義。

「小炎（哈利特）」。

兩顆火球重疊在一起，在空中描繪出兩道螺旋狀的軌跡，劈開墓室，正面撞上龍息。

熱風肆虐，紅龍的眼睛因嘲笑而彎起，絲毫不將其放在眼裡。

兩倍的威力，確實堪比第三階段的「大炎（亞哈利特）」。

不過僅此而已。不可能連龍息都壓制得了——

「『萊（火）塔桑梅（焰啊）卡夫阿列夫（化為風暴之塔）努恩（招來死亡）』！」

剎那間，憑空竄出的「炎塔（利托康）」撐住兩顆火球，將龍息推回去。

銀髮隨著熱風飄曳，艾妮琪修女獻上祈禱，凝聚精神力。

那是被歸類在第五階段，上天賜予聖職者的神聖火焰。

然而，其威力只和「大炎（亞哈利特）」相等。意即——

「現在這樣就夠了……！」

艾妮琪修女臉上浮現盯上獵物的猙獰笑容，發下豪語。

二重螺旋形成的「大炎（亞哈利特）」與「炎塔（利托康）」混合，變成火焰鐵鎚揮下。

「意即，」伊亞瑪斯眯起眼睛，聲音沙啞。「此乃『炎嵐（拉哈利特）』。」

三重詠唱形成的「炎嵐（拉哈利特）」，正面撞上龍息。

爆炸——白光充滿墓室，空氣瞬間瀰漫焦味。震耳欲聾的巨響刺入耳中，視覺及聽覺都被奪去。

「ROOOOOOOAAAAAAAAAAAAAAAAAAR！！！！」

世界染成整片白色，火龍**縮緊**喉嚨。

原來如此，渺小的凡人確實絞盡了腦汁。

但那都是因為想要燒盡萬物的龍並未使出全力——簡單地說，就是放水。

他們為何會覺得，牠做不到跟剛才一樣的事？

威力突然增強的火焰有如一把刀，撕裂、貫穿「炎嵐（拉哈利特）」。

目標依然只有那一人——那一把，小丫頭手中的屠龍魔劍。

「嗚、啊啊啊啊啊啊啊啊啊啊!!」

這聲慘叫與悲鳴無異。或者說吼叫。因恐懼而浮現眼眶的淚水，也被高溫瞬間蒸發。

可是，貝卡南一步都沒後退，直接用劍承受致命的熱線。

——被彈開就會死……！

手在發抖，劍在震動。屠龍劍在咆哮，貝卡南的草鞋在石板路上拖行。快被壓制住了。快被擊潰了。好燙，好痛，會死。好恐怖。好可怕。

——不過，也就只有這樣……！

「啊啊啊啊啊啊啊啊啊啊啊啊——!!」

貝卡南連自己在說什麼都不知道，死命抵抗龍火。

龍眼燃燒著凶光。先解決屠龍魔劍和那個小丫頭，然後是兩旁的術師。其他渣滓，龍根本沒放在眼裡。牠不認為有那個必要。

因此，吞沒世界的巨響、白光、瘴氣的正下方。

「簡單地說，從不會被踢到的地方進攻就行了吧……!!」

拉拉伽全速狂奔。

他在石板路上猛衝，看起來都快跌倒了。手指慌忙地抓著地面。向前。到龍旁邊。

龍——是龍。真是荒謬至極。臉頰抽搐，扭曲成笑容的形狀。現在也只能笑了。

離開故鄉，在「斯凱魯」最底層爬行的自己，到了這個地方。差別在哪裡呢？暗巷的骸骨。額頭被箭射中的圃人少女。自己。不知道。眼前的龍。感覺被瞪一下就會沒命。可是——

——一擊死不了人。

就算是龍，也沒辦法一腳踢死我。拉拉伽笑了。害怕歸害怕，他打從心底感到愉快。

他使勁反手握緊短劍。用力踩在地上，像要跳起來似的，舉起手臂。

「喝啊啊!!」

絕對稱不上致命，但在拉拉伽這輩子中，是最精湛的暴擊。

全神貫注，使盡全力扔出的短劍，化為銀箭直線飛行——

「AAARRRRRRRRRGGGGGGGH！！！？」

深深刺進龍的一隻眼睛。

「知道我的厲害了吧……!!」

龍痛得掙扎，向後仰去。長脖子高高抬起。龍息撕裂地面及石牆，融化天花板。

灼熱的熔岩如雨般從天而降，這時，賈貝吉看見了。身體大幅後仰的龍。

「ｇｒｏｗｌ！」

賈貝吉舉起大劍，果斷撲向火龍。

她迅速左右移動，閃過滾燙的雨滴，拉近距離。一步、兩步、三步。

打從一開始，她就看這個大傢伙不順眼。

　　起初她確實吃了一驚。這是事實。儘管不想承認自己被嚇到，她可是很聰明的。

　　但她無法原諒。

　　這個大傢伙沒把她放在眼裡。牠鄙視她，嘲笑她。從眼神就看得出。

　　賈貝吉從未允許過別人這樣對待她。

「hoooooooooooowwwl！！！！！」

　　鋼鐵刀刃，嬌小身軀砸在火龍身上的劍刃深深陷進龍腹——將其剖開。

「SSKREEEEEEEEEONK！！！？！？！！！？」

　　龍血噴出，有如融化的鐵。賈貝吉淋了一身。

　　紅髮鮮紅依舊，白皙的肌膚和外套都染成深紅，她舔掉滑落臉頰的龍血，齜牙咧嘴。

　　這個血很難喝的大傢伙，腦袋其實沒那麼好嘛。

　　——笨死了，竟敢露出肚子。

「yap！」

「哇啊啊啊啊啊啊啊……!!」

　　聽見賈貝吉的一吼，貝卡南嘶聲吶喊，衝上前方。

　　身體好燙，好痛，無法呼吸，眼前一片模糊，可是手中有屠龍劍。

劍的重量害手快要抬不起來，雙腿無力害她快要癱倒在地。她喃喃說道：「我不可能做得到。」

慢吞吞的貝卡南。廢物貝卡南。巨人貝卡南。派不上用場的貝卡南。

——吵死了……！

我要殺死龍。要幹掉牠。我就是為此而來的。來到這裡。來到這裡……！

貝卡南咬緊牙關，握緊魔劍，向前邁步。好幾個畫面忽然閃過腦海。

跟閃光一樣轉瞬而逝，毫無連貫性，亂七八糟，連續播放的畫面。

故鄉的祖母。龍嘴。青蛙。火焰。迷宮。拉拉伽。蜻蜓。最後是月下的酒館——建築物後方。

大劍一閃。魔劍沿著那道軌跡移動，彷彿在與魔劍共舞。無法抵抗。

貝卡南覺得手指上的金色戒指在發光。她順從引導，抬起手。

腹部被剖開的龍垂著長脖子，目露凶光，眼睛看著這邊，看著魔劍，看著貝卡南。

龍張開大嘴，火焰在喉嚨深處閃爍。誰理牠。我要試試看，我要殺掉牠。

貝卡南高大的身體如同弓弦似地繃緊，使出渾身的力量解放屠龍魔劍。

劍刃砍斷凝聚的熱線，劃出一道弧線。龍瞪大眼睛。驚愕。恐懼。

「喝啊啊啊啊啊啊啊啊啊——————!!」

© so-bin

屠龍魔劍完成了任務。

只為了屠龍而鍛造的劍刃，輕而易舉砍碎鱗片。

彷彿要將牠撕咬開來，斬斷最強生物之所以為最強的肉與骨。火焰跟鮮血從斷面噴出。

連臨死前慘叫的機會都沒有。貝卡南加重力道，將魔劍揮到底。

沉悶的聲響。龍頭掉落，牠的脖子被砍斷了。

致命一擊(Critical Hit)。

「啊——」

屠龍劍劈開石板路，陷進其中停了下來。

貝卡南喘著粗氣，茫然仰望眼前巨大的身軀——失去頭部的龍。

不久前還以死亡的象徵君臨此地的身體，已經半點力氣都不剩。

身體傾斜，宛如被土石流沖走的岩石。前肢彎曲，倒下。

火龍的身體伴隨地鳴聲癱倒在地，一命嗚呼。

眼前只有眼睛再也不會亮起的龍頭。

僅存的餘火隨著從斷面滴落的血滴微微搖晃——最後消失不見。

死亡之紅龍死了。

*

有好一段時間都沒人說話。

鴉雀無聲的迷宮中，只聽得見冒險者紊亂的呼吸聲。

貝卡南錯愕地凝視掉在眼前的紅龍頭部。

曾經燒死她，剛才也差點咬死她的怪物的眼睛。

那裡已經變得黯淡無光，只剩下形似玻璃珠的球體埋在其中。

「…………」

魔劍從手中掉落。她一屁股坐倒在地，全身無力。

自己做了什麼？幹了什麼好事？在注視什麼？她完全無法相信。

視野忽然變得模糊、歪斜。她發現淚水不停從眼角滴落，濡溼臉頰。

「alf。」

回過神時，小步走來的賈貝吉在她身旁吠叫。

紅髮少女用手擦掉從頭頂到臉部，淋了她滿身的龍血，觀察貝卡南的臉。

「whine？」

這句話的意思不知道是「怎麼了」、「還好嗎」、「真拿妳沒辦法」，還是——

「幹得好」。

即使不明白，貝卡南依然很高興。高興得想哭。

「嗚，嗚嗚，嗚嗚嗚……」

「yap!?」

她泣不成聲，靜靜摟住纖細的身軀。

被抱緊的賈貝吉起初困惑地扭動身體抵抗。

過沒多久，她似乎想到什麼，放鬆力道不再掙扎，任由貝卡南抱著。

感覺到她的小手撫摸黑髮的觸感，貝卡南低聲啜泣。

「拉拉伽先生不過去嗎？」

「我不適合當英雄啦……」

拉拉伽默默守望兩人——不如說他連站起來的力氣都沒有，精疲力竭。

至於站在旁邊的艾妮琪，剛經歷一場激戰，她卻面帶笑容，心情很好的樣子。

——結果這個人也跟伊亞瑪斯是同類。

拉拉伽無奈地下達結論。這肯定就是所謂的冒險者。

不曉得自己是否也會變成那樣——嗯，現在先別想了。

他對以屠龍英雄的身分出名沒興趣，不過，這個頭銜還是挺令人興奮的。

只是個名不見經傳的小角色，不會在歷史上留名的自己，在迷宮跟龍戰鬥，並且殺了牠。

足夠了吧——這個想法以及催促他繼續往上爬的聲音湧上心頭。

話說回來，什麼時候要去把短劍從龍眼裡面拔出來？拉拉伽邊想邊瞄向旁邊。

「怎麼了嗎？」

銀髮精靈，美麗的修女溫柔地低頭看著他。

「喔，嗯。」

拉拉伽咕噥了一句，別過頭移開目光。

「謝囉。」

「不會。」艾妮琪修女仍舊面帶微笑。「我也很開心。」

語畢，她望向獨自站在牆邊的黑衣男——伊亞瑪斯。

他盯著地上的龍頭和牠的身體，一語不發。

再也不會站起來。

——除非迷宮的支配者把牠喚醒成屍龍。

腐化的可怕屍龍能夠憑藉身上的詛咒，輕易阻擋一般的法術。

伊亞瑪斯判斷，若與那種生物為敵，八成贏不了。

或是天龍。超越火龍的領域，成為森羅萬象的精靈的噴火龍。

擁有駭人近戰能力的黑龍，或是黃金的邪龍……

龍的記憶閃過伊亞瑪斯的腦海。不曉得是事實，抑或妄想。

——總而言之，繼續前進就知道。

他將手從腰間的黑杖——劍柄上拿開，吐出一口氣。

好不容易攻略成功了。無人戰死。沒什麼好挑剔的。

硬要挑毛病的話——那隻龍是遊盪怪物（Wandering Monster），所以沒有寶箱。

——算了，把龍鱗、龍牙帶回去也能賣錢。

那就這樣吧。至少感覺不差。心情挺好的。

他變得與感動及成就感之類的情緒無緣——的樣子。

伊亞瑪斯無法分辨，過去的自己是不是如此。

他覺得自己一直在探索漫長的迷宮，不認為自己幹了什麼大事。

可是至少——貝卡南、賈貝吉、拉拉伽三人的成長，令他感到喜悅。

——這樣就能繼續前進了。

往下。往地下。往迷宮深處。對伊亞瑪斯而言，這就是一切。

艾妮琪修女聽見，想必會「哎呀！」大叫，豎起美麗的眉毛。

想到那個畫面，伊亞瑪斯聳聳肩膀。有些事最好不要說。

「嗚……嗚嗚……」

「噢……」

這時，虛弱的呻吟聲令他想起還有這號人物，走到墓室的門口。

一名鎧甲半毀的冒險者無力地倒在那裡。

仔細一想，如果這些人沒在一開始先讓龍浪費一次龍息，結果八成會不同。

伊亞瑪斯沒辦法當著艾妮琪修女的面無視他，把手放在那名冒險者肩上。

疑似屍體的男人抖了一下。

「活著嗎？」

分不清是「對」還是「嗯」的吐氣聲，從燒爛的嘴脣傳出。

「算你運氣好。」

伊亞瑪斯笑了。他接著想起一件事，補充道：

「回去後，我請你喝一杯。」

第八章
Contra Dextra Avenue

「原來如此。」普羅佩洛斯說。「在我死掉的期間，發生了這種事。」

「鬥神(杜爾迦)酒館」熱鬧得如同祭典。

冒險者、商人、其他居民紛紛大聲舉杯慶祝、歡呼。

紅龍死了！

可惡的龍死了！

死亡之紅龍死了！

連店長吉爾都喜孜孜地說要請大家喝酒，用斧頭敲開酒桶的蓋子。

「斯凱魯」沉悶的空氣，想必一轉眼就會消散於風中。

連平常黯淡的深灰色天空，此刻都露出了藍天。

在這陣喧囂中，普羅斯佩洛悠閒地坐在椅子上。

他裝模作樣拿起酒壺倒酒，優雅喝了一口。

「拜其所賜，我才能順利復活，有機會喝到這杯酒。」

「不要因為我們放著你不管就鬧脾氣啦，普羅斯佩洛。」

賽茲馬津津有味地大口喝酒，大口吃肉。無論何時，這男人吃飯都吃得津津有味。

「多虧你睡了那麼久，我們才能賺到比屠龍更多的錢。」

「不過伊亞瑪斯說的『一杯』是免錢的酒，這筆債只能之後再討囉。」

離開座位的莫拉丁壞笑著走回來。

雙手的盤子中裝滿堆成小山的料理，推測是從酒館的廚房拿來的。

此乃能送到「斯凱魯」的各地貨物，終於開始順利流通的證據。

「你應該先跟店長說過吧？」

「當然，惹火吉爾不會有好事。」

「那就好。」

平常囉哩囉嗦——莫拉丁和莎拉說的——的塔克和尚，今天也露出笑容。

他展現矮人的食量，像要把桌上的東西都塞進胃袋一樣，將餐點和酒吃得一乾二淨。

心想「好久沒看到塔克和尚這樣大吃」的莎拉，忽然望向普羅斯佩洛。

「欸，雖然我並不是在懷疑他，魔法師有辦法砍掉龍頭嗎？」

「不是不可能。」

普羅斯佩洛似乎沒有不高興，乾脆地回答。

眼前那座金幣山的光芒，或許就是他心情好的理由。

就算是魔法師，討厭金黃色的人並不多。

「但我也只是知道方法，不是我自己做得到。」

「意思是？」

「那個叫貝卡南的女孩不是戴著戒指嗎？」

「嗯。」塔克和尚點點頭，酒都沾到鬍鬚了。「我鑑定的時候沒注意到。就只有那個。」

「那麼，大概是巨魔戒指。和尚你也聽過吧？」

「巨魔戒指。聽說它擁有治癒的力量和引發致命一擊的力量。」

霍克溫低聲說道。

「……就是那東西嗎？」

平常幾乎不會在這種宴會上吃飯喝酒的男人，今天依然只是坐在桌前。其他成員卻不怎麼介意。這男人光是願意出席就夠給面子了。

「恐怕是。」

普羅斯佩洛對霍克溫甩了下手。

「我不是主教也不是強盜貓，又沒看過實品，無法斷言。」

「可是啊，普羅斯佩洛。」賽茲馬舔掉手指上的油。「方便問個問題嗎？」

「如果我答得出來。」

「我很好奇魔法師要怎麼跟戰士一樣揮劍。」

「當然是因為貝卡南妹妹很努力囉。」

莎拉噘起嘴巴。賽茲馬問：「是這樣嗎？」她回答：「沒錯。」

莎拉優雅地搖晃長耳，從酒壺裡又倒了一杯酒，得意洋洋。

這陣子一直在喝酒的她，好像決定要等之後再後悔。

「賈貝吉妹妹也是。」

「還有拉拉伽。」

「伊亞瑪斯除外。」

六位冒險者(All Stars)低聲笑道，連霍克溫都包含在內。

他們跟那名用黑杖的冒險者處得不錯。之前也是，之後也是。互不相欠。

伊亞瑪斯在照顧三個新人，他們誠心感到喜悅。

位於熱鬧的酒館中心，坐在吧檯的年輕男子——就是成果之一。

身體有一半裹著繃帶，令人不忍卒睹，散發燙燒用藥膏的淡淡氣味。

無神的雙眼，在失去大多數同伴的冒險者身上再常見不過。很快就會習慣。

老手聚集在隨處可見的新手冒險者身邊，則並不常見。

「喂，真的假的？」

「你是不是在亂講啊？還是看錯了……」

「到底是怎樣？說啊。你不是遇到龍了嗎？然後呢？」

「……對。我……我看到了……」

聽見那沙啞的聲音，不知道是誰貼心地幫他倒酒。

年輕男子——舒馬克用瑟瑟發抖的手抓住酒杯，滋潤嘴脣及喉嚨，語氣嚴肅。
「那女孩剖開了龍的肚子，滿身都是龍血。那女孩——砍斷了龍頭……」
以講故事來說，他的語氣實在太過生澀，用詞單調，敘事方式也平淡無奇。
眾人卻豎耳傾聽。催促他說下去。任憑想像馳騁，雀躍不已。
紅髮奴隸少女及高大的黑髮少女，跟同伴一起挑戰死亡之紅龍，殲滅牠的過程。
一次又一次，反覆傳誦下去，無人厭煩的故事。
無疑是——英雄傳說的序幕。

＊

「alf！」
身為關鍵人物的賈貝吉，心情很好地在大街上昂首闊步。
翹來翹去的頭髮。破破爛爛的衣服。背著大劍。戴著粗糙的鐵枷。
她本身沒有任何變化。什麼都沒變。依然是那個廚餘。不過——
「喂，你看。」
「是賈貝吉……」
「怪物的剩飯，廚餘（Garbage）……」

「屠龍者。」

「淋過龍血的……」

「聽說她原本是奴隸，騙人的吧……？」

「有畫家說想畫她的肖像畫拿去賣。」

「那隻野狗的？不對，是屠龍者才對……」

「傳聞說她是哪裡來的公主……真的嗎？」

不過，外人的眼光變了。

把她當成骯髒的奴隸丫頭，鄙視、嘲笑她的人，已然成為少數派。

路邊的小孩將巨大木劍綁在背上玩屠龍遊戲。

與六位冒險者（All-Stars）齊名，怪物的剩飯——連龍都吞不下去的賈貝吉。

這名扛著大劍的紅髮少女，如今可是英雄。

但她心情好的原因並不在於此。這種事她半點興趣都沒有。

原因在旁邊的伊亞瑪斯背上。

「搬運屍體的伊亞瑪斯……」

路人的感嘆聲。

那確實是屍體。

伊亞瑪斯拖著龍的屍體——龍頭、龍肉、龍皮、龍爪、龍牙、龍鱗。

他帶著賈貝吉，將分切成小塊的那些部位搬出迷宮。

往返了好幾趟，彷彿在炫耀這名少女的功績。

討厭的蛆蟲、搬運屍體的伊亞瑪斯，這個別名似乎也多了另一層意義。

「……變有名了呢。」

拉拉伽之所以能這麼悠閒，是因為他待在離這些評價一步之遠的地方。

以屠龍的冒險者來說，盜賊小子的名號鮮少被人提及。

艾妮琪修女笑咪咪地說：「積了不錯的功德。」

她肯定也不會介意。既然如此，他也用不著放在心上。

「目的達成了？」

「是啊。」

然而，伊亞瑪斯本人依舊從容不迫。

某方面來說，她跟愉悅地走在最前面的賈貝吉或許沒什麼兩樣。

「……你真的要這麼做？」

「把這些搬進酒館，讓她吃龍肉。」

「嗯……」

拉拉伽刻意做出愁眉苦臉的表情。難怪賈貝吉心情這麼好。

居然要吃死掉的怪物的肉……這種事真希望他換個地方做。

會特地這麼做的人，頂多只有迷宮支配者（Dungeon Master）吧。

「『斯凱魯』的冒險者絕對沒人會做這種事。」

「我同意。」伊亞瑪斯點頭。「我也沒經驗。」

「——Woof!!」

走在前方的賈貝吉看到他們忽然停下腳步，叫著要他們快點跟上。

她在催——不如說是想吃伊亞瑪斯搬運的肉。

伊亞瑪斯隨便甩了下手表示他知道，重新扛起綁著肉的繩子——

「……噢，對了，我都忘了。」

「啥？」

他突然面向拉拉伽，扔了一個東西給他。

拉拉伽憑藉於迷宮鍛鍊出的敏捷度，在那東西落地前就用雙手接住。

他接住的東西是輕薄……卻十分堅固的袋子。

拉拉伽打開蓋子，裡面裝著製圖工具。

「……這是什麼？」

「地圖袋。我叫強盜貓做的。」

伊亞瑪斯一副說明完畢的態度，接著像突然想到似地補充道：

「用龍皮做的。」

拉拉伽仔細盯著手中的袋子——地圖袋。

做工精緻。不管是掛在肩上還是戴在腰間，都不會妨礙行動。精心設計過——恐怕是相當高級的袋子。就算材料不是龍皮。是伊亞瑪斯和強盜貓設計，找人訂製的嗎？

還是兩位老手隨隨便便就做得出這麼好的道具？

無論如何，他把它交給我，代表繪製地圖是我的工作囉？

千思萬緒在拉拉伽腦中打轉，他講不出話，沉默了一會兒。

「……我說啊。」

拉拉伽嘀咕道。最後，他還是想不到該說什麼。既然如此，跟平常一樣即可。

「這種東西，出發前就該給了吧？」

「我不是說了嗎？我忘了。」

伊亞瑪斯咧嘴一笑，聳肩回應拉拉伽的抱怨。

「ｙｅｌｐ！ｙａｐ！——ｙａｐ!!」

賈貝吉叫個不停。

她似乎忍不住了。伊亞瑪斯對拉拉伽點了下頭，邁步而出。

「走了。」

「喔。」

他離開了。扛著、拖著龍的屍體。跟賈貝吉一起。

拉拉伽看著兩人的背影，路人的喧囂聲不絕於耳。

他置若罔聞，將地圖袋繫在腰間。

還覺得怪怪的。還不習慣。不過，肯定很快就會習慣。

「……我是不是感覺像個成熟的冒險者了？」

這個事實令他嘴角上揚。

拉拉伽踏著輕快的腳步，跑進「斯凱魯」的人潮中。

*

少女很大。

體型大，眼睛大。豐滿身軀的乳房和臀部也很大。

不過，最引人注目的是她本身的體積。

身高六呎半（約兩公尺）。是個異常高大的少女。

黑色的頭髮左搖右擺，如同小動物的尾巴，帶著恐懼情緒的眼睛卻是燦爛的金色。

她像個幽靈般慢步前行，有點駝背，大概是想盡量把巨大的身軀縮得小一點。

這個動作讓雄偉的雙峰自然而然往前方集中，而她似乎沒有發現。

只要她還站在「斯凱魯」的街角，少女的存在感就不會受到影響。

「……妳把那把劍掛在腰上，是要怎麼藏啊。」

「啊嗚嗚……」

腰間掛著屠龍劍的貝卡南，將身體縮得更小。

她已經是屠龍的冒險者之一，人盡皆知。

魔法師貝卡、屠龍者貝卡、巨人貝卡。

不管待在酒館還是待在旅館，她都因為太引人注目的關係，忍不住逃出來，可是……

——我倒覺得在街上更顯眼。

不過拜其所賜，拉拉伽才能輕易找到她。

「妳也一起來不就好了？」

「可、可是，」貝卡南低下頭，咕噥著說。「我已經……付完錢了……」

——真是守規矩的傢伙。

沒錯，她已經償還完自己的復活費。

殺死一隻龍，不知道能復活多少位新手冒險者。

貝卡南的表現，足夠證明自身的價值。

八成是不好意思再收下剩下的東西。

「我是沒差啦……妳今天是想在『斯凱魯』到處逛逛嗎？」

「咦，啊。」貝卡南猛然抬頭，點頭如搗蒜。「嗯，對。」

「這邊沒什麼好逛的耶……」

「因為，我只知道迷宮、訓練場、武器店、寺院、酒館跟旅館。」

「這樣就夠了吧……不對，這好像是伊亞瑪斯會說的話。沒辦法……」

他不想變得跟伊亞瑪斯一樣。拉拉伽板起臉，帶著貝卡南逛起街來。

是座和平的城市。

數不清的行人在大聲買賣各種商品。孩子們於街道上奔跑，人們生活的痕跡隨處可見。

不夜城、迷宮的城市、冒險者的城市。這座城市有許多別稱——但它確實活著。

死亡之紅龍，受到那隻火龍威脅的城市活了過來。

仔細一想——拉拉伽也很少在白天逛「斯凱魯」。

潛入迷宮、與怪物互相殘殺、回到市內休息、再次潛入迷宮。冒險者。

拉拉伽不經意地碰觸腰間的地圖袋。自己也會逐漸變成那樣嗎？

不曉得——可是至少他沒打算離開這座城市。他。還有賈貝吉。

——這傢伙呢？

腦中浮現這個疑惑時，他已經問出口了。

「妳之後有什麼安排？」

「之後……？」

「殺了龍，債也還清了。之後呢？」

「啊──」貝卡南的語氣，彷彿她什麼都沒在想。「我沒考慮過。」

「妳喔……」

貝卡南靦腆地笑了，說：

「因為我之前滿腦子都只想著龍。啊，不過，我還沒還爺爺錢耶。」

「爺爺？」

「班克。」

「喔……」

拉拉伽也記得那名奇怪的老人。

在那之後，他們去酒館找過人，卻從未看到班克的人影。

問伊亞瑪斯的話，他會知道嗎？雖然他不太想問。

算了，那個老人也活在這座城市的某處。

既然如此。

「沒關係吧？下次見面時再還就行。」

「……說得也是。嗯，就這麼辦……總之，我的目標達成了一個。」

語畢，貝卡南將手放到腰間的劍上，看起來有點高興。

她穿著草鞋走在街上，好奇地環視周遭。

她不怕其他人的視線了？還是因為拉拉伽在旁邊，膽子變大了？

「好像祭典喔。」貝卡南語氣悠哉。「我從來沒看過這麼多人。」

「……我也是。」

拉拉伽微微噘嘴。有種被敷衍的感覺。

「所以……妳決定怎麼樣？」

「…………………」

「哎唷。」

貝卡南突然停下腳步。拉拉伽也跟著停下。

他們站在人潮中，因此人流被貝卡南分成了兩半。

拉拉伽抬頭望向她，她不知為何面色凝重。

透出恐懼之色的金眸，困惑地凝視拉拉伽的臉。

若賈貝吉的眼睛是深邃的湖泊，貝卡南就是隔著雲層窺探的金月。

「……我不喜歡你這樣叫我。」

「……什麼？」

貝卡南像在鬧脾氣般……用細不可聞的聲音咕噥道。

「我可能……比較希望你……叫我的名字。」

——我從來沒叫過嗎？

拉拉伽開始回憶。他沒有特別注意，或許真的如她所說。

這女孩一直在介意這點小事？

或者——並不是小事？

經過片刻的猶豫，拉拉伽語帶遲疑，說出陌生的音節。

「……貝卡南？」

「叫貝卡也可以。」

這令他莫名猶豫。說不出口。

拉拉伽別過頭，向前走去。聽見貝卡南追上來的腳步聲。

熱鬧的人潮中，無法確定對方聽不聽得見的呢喃，自他口中傳出。

「……改天吧。」

「嗯。」

貝卡南展露微笑，不知道在高興什麼。她的笑容，如同綻放的花朵。

＊

「斯凱魯」城外有座冒險者訓練場。

然而，那只是空有虛名的設施。沒人有辦法控制冒險者。

那麼它又是為何而存在？這也是為了冒險者。

來自外地，立志成為冒險者的人。或者是想找那些人當肉盾的人。

新人與老手，雙方利害一致，訓練場才能維持下去。

正因如此，來到訓練場的人潮總是絡繹不絕。

擔任門衛的他，毫不打算記住那些閒雜人等的名字。

反正絕大多數都不會再見到面。

「好，下一個。」

一位冒險者誕生，又一位立志成為冒險者的人站在眼前。

不變的畫面。不變的過程。

可是，出現了些微的變化。

「那個。」

一名年輕人眼中流露出希望與期待、傲慢與不安，開口詢問。

「聽說這裡有殺得了龍的冒險者，是真的嗎……？」

「對。」

身材異常高大，卻總是畏畏縮縮的少女魔法師。

不曉得受到了什麼啟發，在訓練場跑得氣喘吁吁，接受戰士訓練的女孩。

冒險者不會離開「斯凱魯」。死人自不用說——活人亦然。

門衛點了下頭。

「是真的。」

她的名字，叫做貝卡南。

後記

大家好！我是蝸牛くも。

《BLADE & BASTARD2 —鋼骨試煉場，死亡之紅龍—》，大家還喜歡嗎？

我寫得很努力，如果各位看得開心就太好了。

這次我必須先跟一個人道謝。

《Wizardry》的製作者之一——羅伯特・伍德海德先生。

我戰戰兢兢地徵求他的許可，深怕有失禮節，結果他很快就同意了。

真的感激不盡。不管是同意我撰寫這部作品，還是創造了《Wizardry》。

這一集是新手少女魔法師挑戰為自己帶來死亡的火龍的故事。

是我參考很久以前，用利加敏當舞臺的某個故事所寫的故事。

知道是哪個故事的讀者，請當成是一種致敬。

蝸牛くも這個作家，又在寫那種東西了。

雖然要視劇本而定，《Wizardry》的敵方頭目並不多。

因此要殺龍的話，就是貝卡南立志的、只屬於她的冒險。

這次伊亞瑪斯一行人，是陪伴她的那一方。

相信自己應當會獲勝，挑戰不知道能否取勝的強敵的那瞬間。

真的非常有趣。

順帶一提，貝卡南在這一集中做的那些行為，並不是因為這是一部小說才做得到。

只要順利就做得到。先不論這樣是否能成為強大的角色。

不過，肯定會成為一位獨一無二，有趣又特別的角色。

希望貝卡南在大家心中，也能成為這樣的存在。

令人高興的是，這部作品好像會出第三集。

因此我打算從現在開始專心寫作。

其實，第三集的書名已經決定了。

《金剛石騎士的歸來(Return of The Hrathnir)》。

那麼，再會。

BLADE & BASTARD

BLADE & BASTARD

浮文字

BLADE&BASTARD(2)—鋼骨試煉場，死亡之紅龍—

（原名：ブレイド&バスタード2—鉄骨の試練場、赤き死の竜—）

著　者／蝸牛くも　繪　者／so-bin　譯　者／Runoka
執 行 長／陳君平　美術總監／沙雲佩　國際版權／黃令歡、高子甯、賴瑜妗
榮譽發行人／黃鎮隆　美術編輯／陳又荻　文字校對／施亞蒨
協　理／洪琇菁　執行編輯／陳昭燕　內文排版／謝青秀

出　版／城邦文化事業股份有限公司 尖端出版
台北市中山區民生東路二段一四一號十樓
電話：（〇二）二五〇〇—七六〇〇
傳真：（〇二）二五〇〇—二六八三
E-mail: 7novels@mail2.spp.com.tw

發　行／英屬蓋曼群島商家庭傳媒股份有限公司城邦分公司 尖端出版
台北市中山區民生東路二段一四一號十樓
電話：（〇二）二五〇〇—七六〇〇（代表號）
傳真：（〇二）二五〇〇—一九七九

中彰投以北經銷／楨彥有限公司（含宜花東）
電話：（〇二）八九一九—三三六九
傳真：（〇二）八九一四—五五二四

雲嘉以南／智豐圖書有限公司
（嘉義公司）電話：（〇五）二三三—三八五二
傳真：（〇五）二三三—三八六三
（高雄公司）電話：（〇七）三七三—〇〇七九
傳真：（〇七）三七三—〇〇八七

香港經銷／一代匯集
香港九龍旺角塘尾道六十四號龍駒企業大廈十樓 B&D室
電話：（八五二）二七八三—八一〇二
傳真：（八五二）二七八二—一五二九

新馬經銷／城邦（馬新）出版集團 Cite（M）Sdn. Bhd.
E-mail: cite@cite.com.my

法律顧問／王子文律師　元禾法律事務所
台北市羅斯福路三段三十七號十五樓

二〇二四年一月一版一刷

■中文版■

郵購注意事項：
1.填妥劃撥單資料：帳號：50003021戶名：英屬蓋曼群島商家庭傳媒(股)公司城邦分公司。2.通信欄內註明訂購書名與冊數。3.劃撥金額低於500元，請加附掛號郵資50元。如劃撥日起 10～14日，仍未收到書時，請洽劃撥組。劃撥專線TEL：(03)312-4212 ・ FAX：(03)322-4621。E-mail：marketing@spp.com.tw

國家圖書館出版品預行編目資料

BLADE & BASTARD. 2, 鋼骨試煉場 , 死亡之紅龍 / 蝸牛くも作 ; Runoka 譯 . -- 初版 . -- 臺北市 : 城邦文化事業股份有限公司尖端出版 : 英屬蓋曼群島商家庭傳媒股份有限公司城邦分公司尖端出版發行 , 2024.01

面 ; 公分

譯自 : ブレイド & バスタード . 2, 鉄骨の試練場、赤き死の

ISBN 978-626-377-518-3 (平裝)

861.57 112019595